黄昏の全共闘世代
その残滓が、今

竹森 哲郎
Tetsuo Takemori

文芸社

もくじ

第2部　快速西船橋行き

前の章　70年目の「8・15」

蝉の声で、目が覚めた。枕元の置時計を見ると、5時半を過ぎている。雨戸を開けると、白木蓮の大木の幹に油蝉が2匹、仲良く並んで鳴いている。私が再びペンを執った、夏の朝である。

昨夜NHKで、『戦後70年、一番電車が走った』を観た。原爆投下3日後に運転再開した、広島の路面電車の感動的なドラマだった。8・6広島、8・9長崎、そして70年目の8・15は今週末だ。「安倍談話」はその前日と報道されている。

半藤一利氏が原作の『日本のいちばん長い日』を新宿の映画館で観た。「お盆休み」のせいか、人の数が凄い。こんなに混んだ映画館は久しぶりだ。前日の夕刊紙で「映画監督原田眞人が語る」の見出し、「民意を無視するお坊ちゃん首相にも、この映画を見てどう考えるか、聞いてみたい」を読んで、私も触発された一人だ。「国策の誤り」で内外の多くの人々の命を奪った侵略戦争を終結に導いた、鈴木貫太郎首相、阿南惟幾陸軍大臣らの「いちばん長い日」が、迫力のある映像から伝わってきた。

この日、日刊スポーツ紙の社会面コラムで、大谷昭宏氏の「澤地久枝さんに会う夏」に目が留まった。「昭和」と「戦争」を書き続ける澤地久枝さん85歳。「アベ政治を許さない」俳人の金子兜太さん95歳――。戦後70年の夏、「気が付いたら、私たちは次の世代への不幸を紡いでいやしないのか。鎮魂と祈りと精霊の夏はもうひとつ、先達の言葉に静かに耳を傾ける夏でありたい」と、大谷氏は結んでいる。まさに「至言」である。

また、憲法を無視した「安保関連法案」に反対して、自発的に立ち上がった若者たち。その集会に参加した93歳の瀬戸内寂聴さんは、「安倍首相は、日本の恥」と言い切った。

未だに沈黙しているのは、全共闘世代のみである。黄昏の全共闘世代は、今――。

全共闘世代の「付和雷同」分子の一人、「団塊」の一片に過ぎない私だが、あえてこの作品を世に問うことにした。

日航機墜落の惨事から30年目の報道番組を見ながら、私自身、67年目の暑い夏に——。

第1部　快速箱根ヶ崎行き

序の章　大雪の朝から

昨日の午後から降り始めた雪が夜半には吹雪になって、夜通し激しく降り続いている。ベニヤの雨戸に打ち付ける風と雪の音が、室内にも伝わってくる。２週続いて、大雪のようだ。

そして、朝。雪に反射して、日差しが眩しい。朝刊を取るため玄関扉を開けようとしたが、なかなか開かない。吹き溜まりでは50センチくらい、積もっている。郵便ボックスまでの通路を、スコップと長靴で雪を踏み固めながら確保したが、朝刊はまだ来ていない。

足が不自由で、自宅で介護している89歳の母親はまだ寝たままで、何も知らない。

家の前の道路には、車が通った跡さえ認められない。40センチくらいの積雪で、バイクや自転車の通行は不可能だ。雪の重さに辛うじて耐えている庭の樹木の雪を払い、道路の雪を一部だけ、踏み固めた。アリバイ的な除雪だが、65歳の私にはかなりの重労働で、汗だくになった。それほどの、大雪だった。

翌日から、左足の親指付け根が痛み始め、腫れが次第に大きくなってくる。持病の痛風発作のようだ。以前から毎年1回は発症していたがその後、半年以上も足が不自由な状態が続くとは、その時点で私は想像すらしていなかった。

いつもは3週間ほどで回復していた痛風の腫れが、3か月以上続いた。通院した整形医が驚くほど、大きな腫れだった。

4月下旬、橋本駅で京王相模原線からJR線に乗り換え、「快速桜木町行き」で横浜駅に向かった。私は、左足には高さと幅を調整できる人口皮革のサンダル、右足には5Eのウォーキングシューズ、右手には杖の風体だった。電車は満員なので、座るのは困難か。両足を目一杯広げて、二人分の座席を占有するアホな若者。スマホでゲームに夢中のようだ。この男子には、知性の欠片さえ認められない。若者の股間に、杖の先端で強烈な一撃を加える欲望を、私は抑えられるのか。

立ったまま40分ほどで横浜駅に着いたが、構内が広くて方向が判らない。やっとタクシー乗り場を見つけて行き先を伝えたが、横柄な運転手は要領を得ない。横浜の運転手が、「ガリバーシューズ」を知らないのか。私は記憶を辿りながら指示を与え、なんとか店舗を見つけた。1年ほど前に、グルメ番組で知った横浜中央市場の食堂の帰りに立ち寄った、サイズの大きな靴の専門店だ。6Eがこの店の最大幅だったので、27・5センチのビジネスシューズを一足選んだ。片側だけでは、靴の購入はできない。6Eでも、左足親指の付け根はギリギリで痛い。右足は、6Eではぶかぶかなので、5Eのままにした。6Eと5E、全く種類の違う靴の風体で帰路に就いた。

その後も痛風の痛みを庇って歩くうちに、右足のかかとが悪くなり、さらに左足のアキレス腱、右足の膝に加えて左膝の靭帯と、足の痛みの悪循環が続き、8月下旬まで、杖を頼りにする状態が続いた。

普段なら10分掛からない食品スーパーまで、歩いて30分。右手の杖と左手の買い物袋と——、8月の強い日差しは容赦なく、私に照りつける。

杖と老老介護と、厳しい夏となった。

第1章　M銀行のVIPルームで

M銀行調布北支店2階のVIPルームで、営業担当の男子行員が退出した後、私と「テラー」の天里知美は私が書く小説の構想について雑談を再開した。

「天里さんが異動していなくて、よかったです。前にお話しした時に本店に異動ですかと私が言ったのは、『花咲舞』をイメージしたからです。テレビドラマは一回も欠かさずに観ていました。『半沢直樹』もそうです」

「私も観ていました。一緒に仕事をしたことはないけど、作家の池井戸潤さんは同じ銀行にいたのですよ。『大和田常務』も実在です」

天里さんは、小さな声で教えてくれた。

「そうだったのですか。花咲舞は『テラー』の設定ですね。天里さんもテラーですか」

「そうです。テラーには二つあって、税金や各種請求書などお客様の払込伝票を窓口で処理する行員と、高額預金の運用について提案や相談を担当する行員は別なのです」

「なるほど。この支店では、1階と2階の行員さんは別のテラーなのですね」

「そのとおりです。私は花咲舞のように、速く伝票を処理することはできないですよ。ところで、私も小説に登場するのですか」

「国会議員の娘で、才色兼備の美貌の女子行員役でいいですか」

「美貌の『テラー』ですね」

天里さんは、嬉しそうに微笑んだ。

「人の性格は顔に出ると言われていますが、天里さんは育ちの良さと性格の良さが、美しいお顔にすべて現れていますね。才色兼備の言葉がふさわしい女性です」

「才色兼備ですか。そうでもないですよ。褒め過ぎです」

「デング熱で今、代々木公園が話題になっていますね。そこから近く、解体の決まった国立競技場の隣にある明治公園を知っていますか。駐車場のようなスペースですが、私が大学時代に全共闘の集会がよく行われた公園です。その東側に隣接して、『日本青年館』があります」

「そこなら、私も知っていますよ。何かの資格試験の会場だったので、よく覚えています。洋風の、重厚な建物ですね」

「今はないけど、建物の公園側に鉄製の非常階段がありました。45年前のその日、文学部2年の横山亜希子と私が、機動隊の催涙ガスから逃れて、手を繋いで避難した場所です」

「二人で、手を繋いで逃げたのですか」

１９７０年11月。明治公園では全国全共闘の「沖縄闘争」総決起集会の開始を前に、緊迫した空気が漂っていた。午後４時過ぎ、会場中央ではＳＫ派の青ヘル軍団が長い竹竿を構えて、Ｃ派の到着に備えている。秋も深く、夕日が公園のアスファルトに長い影を映していた。公園の日本青年館側の一段高いスペースには、報道陣・見物人・シンパ・関係者等々が溢れている。私と亜希子は、何故か手を繋いで、Ｃ派の登場を待っていた。

その日の昼ころ、三田キャンパス1号館地下の部室へ続く外階段の入り口で、亜希子が待っていた。以前、日吉キャンパスで見かけたことがある、C派のシンパだ。文学部なので、2学年から三田キャンパスに来ていた。お互いに顔は知っていたが、話をするのは初めてだ。新聞部の部室が、C派の三田シンパの集合場所になっていたのだ。

亜希子を含めて10人ほどのシンパを見送ってから、私は部室でK新聞12月号の編集に時間が掛かり、4時過ぎになって明治公園で亜希子たちと合流した。

C派が会場に現れたのは、午後5時頃だった。国立競技場側から進入した白ヘル軍団は竹竿や旗竿を構え、待ち構える青ヘル軍団と対峙する。双方とも千人を超える規模だ。

石が飛び交い、竹竿の軋む音が公園全体に響いている。サーチライトやフラッシュが点滅する中、一進一退を続けたが、次第に白ヘルが青ヘルを圧倒していく。

警戒していた機動隊が、催涙ガス弾を連発する。公園内はガスの異臭が充満し、大混乱となる。私は亜希子と手を繋ぎ、日本青年館の非常階段に避難していた。

混乱が一段落し、デモの隊列が公園を出発した6時過ぎ、私は亜希子を送るため千駄ヶ谷駅に向かっていた。手は繋いだままだ。

「東京に『箱根』の地名があるのを知っていますか。私は八高線の箱根ヶ崎駅から通学しているのですよ。三田のキャンパスまで2時間以上、掛かります」

中央線の八高線直通電車は、夕方の一本だけだ。拝島駅で分割する武蔵五日市行きと併結した、快速「箱根ヶ崎行き」である。

翌日の再会を約束して、私は明治公園に戻った。催涙ガスの異臭が残り、竹竿が散乱した集会場は、「戦場」の有様だった。

その日以降、亜希子は毎日のように新聞部室を訪れ、新聞の編集活動に係わっていく。

「編集部員の約半数はこの本を買ってK大に入れたそうですから、いくらか受験生のお役に立つと思います。さて私は、ドロップ・アウトしたいと口では言いながら、偶然にもケイオーに来て、Ｋ新の居候の身でいくぶん後ろめたいのですが、編集後記なぞ書いております。編集長以下民族派？　が強くて、いつも歌謡曲が流れているので、ロックの好きな奴でＫ新乗っ取ろうよ、と言おうかと思ったけど、もう来年は私、Ｋ新になんかいないかもね。なにしろ私は、ＤＯ　ＩＴ！　読んでＦＵＣＫのハンランに頭がくらくらする、とにかく興奮しやすく落ち着かない性質らしいのです。そしてグランド・ファンクはあした。毎日ファントムに馴らされているこの耳、まさか聞こえなくならないと思うけど」　（亜希子）

１９７１年８月に発行した「72年Ｋ大入試のために」編集後記の一文である。Ｋ新聞会は三田新聞と同様に、大学当局公認の文化系独立団体に属していた。ただし、新聞の印刷代金など活動資金については、すべて自前である。新聞紙面の広告収入に加えて、この小冊子の販売が新聞会の大きな資金源になっていた。１冊１５０円で、都内の大手書店等に依頼して販売していた。当時、経済学部４年の私は編集長兼営業部長の立場で、各書店回りに多くの時間を費やしていた。

同じ編集後記に、法律学科4年の伊東ユリは次の一文を寄せている。

「ひどくむし暑く不快な日が続く昨今ではあるが、学生最後の夏かもしれないと思うと一日一日が非常に惜しまれる。手に握った砂がこぼれ落ちるように、スルスルと時が流れてゆく。大学で何を得たにせよ、無限の自由をもつ学生生活を終えるのはまさしく感慨無量だ。今では、あのいまわしい受験時代を甘く懐かしく思い出す。受験生にとって大事なのは、受験生であることに甘んじない自己否定の精神を持つこと」

（ユリ）

K新の紙面で、伊東ユリは主に映画評論を担当していた。

五味川純平原作の戦争大河小説を、巨匠山本薩夫が監督して映画化した日活作品『戦争と人間』。その完成披露試写会が当時の日本最大の映画館、渋谷パンテオンで開催された。K新の紙面で東急文化会館の上映作品の広告を掲載していた関係で、東急エージェンシーのM氏から招待を受け、伊東ユリと私が出席した。

この映画は、旧満州・中国で軍部と結託して利権確保を目論む新興財閥の一族を軸に、軍人・社会主義者・中国人・朝鮮人・満州人など、様々な国籍・階層の男女の、過酷な運命を追った群像劇である。同時に歴史的な事実を踏まえ、日中戦争の泥沼へのめり込んでいく侵略の構造を描いている。旧ソ連ロケで再現したノモンハン事件の戦争シーンや、重厚な人間ドラマは多くの観客の胸を打った。

試写会後に披露式典が行われた。出演女優や関係者などがいる華やかな雰囲気の中でも、美貌の伊東ユリは存在感を示していた。

彼女の父親が著した『詩人たち　ユリイカ抄』復刻版の解説文で、著者の友人で詩人の大岡信は、小学生の頃から知っている彼女が書いた「父の思い出」の文章について、次のように記している。「当時中学生だが、私はこの文章を読むたびに、父の文章の呼吸が驚くほどよく『ユリちゃん』に伝えられているのを感じる。先日、四谷駅で偶然会ったが、今や『ユリさん』と呼ばねばならぬ『麗人』に成長していた」

才色兼備の「麗人」伊東ユリは卒業後、文学部に学士入学した。

「才色兼備の点で、天里さんに似ています」

「才色兼備が好きなのですね」

「天里さんは、李香蘭を知っていますか」

「知っていますよ。山口淑子さんのことですね。父と同じ政党の参議院議員でした」

戦前・戦中に女優李香蘭として活躍した山口淑子さんが、94歳で亡くなった。山口さんは、映画『戦争と人間』の時代を代表するような人で、文字通り「生き証人」と言える人物だ。

「なんで日本人は、あんなに威張っていたのでしょうか。自分たちが『東洋の盟主』なんだと、勘違いしていたのでしょうか」

朝日新聞社の「歴史写真アーカイブ」事業に協力して、旧満州・北京・上海などの写真を見ながら証言を寄せた山口さんが、戦時中の上海で自ら目撃した、日本の憲兵による人力車「引き手」への暴行場面を思い出した一文である。山口さんは戦後、参議院議員を務めた後、元従軍慰安婦に償い金を支給する「アジア女性基金」設立の呼びかけ人に加わった。また、TVキャスターを務めた時に、レバノンで日本赤軍の最高幹部・重信房子の単独インタビューを実現した。

重信房子の娘でジャーナリストの重信メイさんは、記録映画『革命の子どもたち』に出演した感想を朝日新聞「逆風満帆」欄で、次のように述べている。

「立場や時代によって歴史の見方は異なる。母たちのとった手法は間違っていたが、弱者の側に立つという考え方は間違っていなかった。マスコミが流すステレオタイプの情報を鵜呑みにするのではなく、自分で考えるきっかけになってくれたらいい」

重信メイさんは、八王子の医療刑務所にいる母親、重信房子の病状を気遣いながら日本を去り、再びレバノンに戻った。

「天里さんは、お父さんと同じ政党の女性大臣のことを知っていますか。『どや顔』で靖国神社参拝を繰り返す、『軍国の母』のような人物です。ネオナチの極右団体役員との記念写真も、週刊誌で報道されました」

「どや顔は嫌いなのですね」

「どや顔のついでですが、ＮＨＫの籾井会長を知っていますね。就任会見で、従軍慰安婦と『飾り窓の女』を同じ文脈で論じた人物です。思考経路が理解できませんが、上から目線のどや顔で、記者を威圧していました。天里さんがよく知っている『大和田常務』もどや顔で、上から目線でしたね」

9時過ぎに天里さん予約でＭ銀行に入店してから、2時間ほど経過していた。

「本日のお取引の内容について、チェックシートで確認することになっています。私が項目順に読みますので、確認してください」

「お名前、住所、生年月日――。職業はどの項目に該当しますか」

「職業は『家事』と『介護』なのですが、項目にないですね。去年の10月末で退職したので、その他・退職者でいいです」

「お母様は、お幾つですか」

「もうすぐ、89歳です。4年前に右足の大腿骨を骨折して、杖がないと歩けない状態です。買い物や食事の世話もすべて、私がしています。上げ膳・据え膳で、介護サービス以上です。また、少し痴呆ぎみで、昼に何を食べたか夜には覚えていないこともあります」

天里さんの美しく澄んだ瞳に、光るものが認められた。

「小説の『自費出版』用に、普通預金を残すのですね。もう書き始めているのですか。ご自身が、主人公ですね」

「まだ、書き始めたばかりですが、全体の構成は固まっています。第1部については、私の大学3・4年時のK大新聞での様々な実体験と当時の資料を、今65歳の私が老老介護の日常の中で回顧する手法で書いています。今日も含めて、2014年9月~10月を『今』に設定します。テレビや新聞の時事問題も挿入する時事小説的『私小説』を、念頭に置いています。『随想の連作』的小説と見ることもできます。完全な『ノンフィクション』ではありませんが、『物語』的な要素は排除しています。登場する人物はすべて、当時実在した人物ですが、名前については必要に応じて小説風に脚色しています。また、小説全体を貫く基本テーマとして、『歴史認識』と『沖縄問題』にも言及するつもりです。

第2部については、２０１５年2月~3月を『今』に設定し、第1部の大学時代の『その後』を回顧しながら、半年後の時事問題に言及する予定です。一人称で書くか、三人称にするか迷いましたが筆が進む一人称で書き始めました。美貌の女子行員・天里さんとの会話の手法も取り入れています。天里さんは神奈川県のお嬢様なので、フェリス女学園からK大文学部に進んだ設定でいいですね」

「楽しそうですね。書き終わったら、すぐにでも読みたいです」

「ところで、神奈川県出身の天里さんの家系にも興味があって調べたのですが、天里家は戦国時代に甲斐の武田家・武田信玄の有力武将だった名門ですね」

「そうなのです。天里虎泰の子孫です」

「お父さんは65歳で、K大法学部卒業ですね。経済学部の私と同じ時代に三田キャンパスにいたことになります。お父さんとは全く接点はなかったのですが、同じ学年の政治学科に海江田万里がいました。彼も今は国会議員で、野党第一党の幹部です。彼が属したグループと私は当時、因縁がありました。全共闘内部のセクト間の確執、いわゆる内ゲバに巻き込まれたのです。彼は当初『べ平連』の旗を振っていましたが、その後K大のベ平連メンバーの多くが、F派に合流しました。F派は全国の全共闘内部では少数のグループですが、K大の三田では一定の勢力を保持していました。——御免なさい。天里さんの生まれる前の話です。全共闘の話なんか知らないですね」

「少しは知っていますよ。現代史の教科書にも載っています。全共闘内部で対立があったのですね」

「私が大学4年の秋、1971年10月下旬の午後に、『その時』は突然来たのです——」


「自費出版の前に、文芸誌に応募する予定です。10月31日締め切りの『新人賞』と、来年3月31日締め切りの『新人賞』の両方を念頭に置いています。期限を定めると、集中して書くことができます。また、2部構成もそれが理由です」

3か月後の更新手続きを予約して、天里さんとVIPルームを出た。私は右手に杖代わりの長傘を持っていたが、何故か使う必要がなくなっていた。天里さんや他の行員に見送られて、調布北支店を後にした。時刻はすでに、11時30分を過ぎていた。

第２章　三田キャンパスで、その時

久しぶりに訪れた三田キャンパス。私の思い入れが深い建物も一部残っていたが、とりあえず図書館新館の三田メディアセンターに入った。かつて、K大生協のあった場所だ。受付で先月届いた卒業生評議員選挙の投票用紙と健康保険証を提示し、47年経済学部卒と告げた。受付の係はパソコンで確認して、すぐに塾員入館券を発行した。来年の3月が有効期限で、発行代金の千円を支払った。

3階の「閲覧コーナー」で、K新のバックナンバーを捜したが、見出すことはできなかった。5年前に来た時はあったのだが、「資料」としての価値が認められず、歴史の屑籠に投棄されたようだ。なお、三田新聞は縮刷版として残っていた。

9月初旬だが、外は残暑が厳しく、強い日差しで額に汗が滲む。後期が始まる前なので、学生の数は少ない。

キャンパス中央にある第1号館と塾監局、そして図書館旧館のそれぞれの建物は、私の在学時と全く変わっていない。重厚な歴史的建造物である。

第1号館地下の新聞部室へ続く階段の入口には、ロープが張ってあった。壁の表示には、「学生談話室」と書いてある。私が卒業後、約5年後に、K新は廃刊となった。私が後を託した清水孝義も卒業し、その後の部員の一人が活動資金を持ち逃げしたとのことだ。私の3学年先輩のOB尾上が絡んでいると睨んだが、すでに過去の話だ。その後、地下の隣に広い部室を構えていた三田新聞も廃刊になっていた。

地上から部室のあった場所を覗いてみた。窓などの外観は昔のままだ。

1971年、10月下旬。地下の新聞部室の窓の外側に、複数の人間が動く気配を感じた。部室のドアを押し開けて、5人のF派幹部が乱入してきた。その時部室には、私のほか新聞部員2人とC派活動家の神山、清水がいた。経済学部2年の神山はC派の幹部級だが、体調を崩して活動を休止していた。文学部2年の清水はC派本部の「反軍活動」に派遣されており、K大学内の活動からは離れていた。

この日の午前、日吉キャンパスでF派幹部がC派に乱打されたらしく、部室に乱入したF派の活動家はひどく高揚していた。抵抗した神山は突き飛ばされ、清水は硬直したままだ。2人は日吉の事件とは無関係なので、F派は2人に退出を命じた。部員の2人も追い出されて、私はF派の5人に囲まれた。

私も新聞活動以外には、全く係わっていないのだが、F派はK新紙面の記事に激怒していたのだ。連載中の沖縄報告「革命の火薬庫より」の記事である。

1969年夏、C派の活動家でK大生2名と明大生1名が沖縄の米軍嘉手納基地のフェンスを乗り越え、突入闘争を敢行した。70年安保・沖縄闘争の渦中である。その後、保釈になっていた経済学部3年の坂口が、K新に「沖縄報告」の記事を投稿していた。

沖縄では、C派とF派はそれぞれ活動しており、現地集会の参加人数に敏感になっていた。K新最新号に載った坂口の「現地報告」の参加人数に、F派が激怒していたのだ。

「記事を撤回して謝罪しろ。訂正記事を載せろ――」

F派の最高幹部山辺は、私の眼前10センチのところで唾を飛ばす。

「現地の坂口さんの投稿記事なので、それはできない。命がけで、嘉手納基地に突入した坂口さんの報告ですよ」

30分ほど押し問答が続いた後、F派活動家で文学部3年の武闘派・野々上が、鉄製の大きな灰皿を編集机に叩きつけた。

私は不本意ながら、部室から追い出されることになった。F派の5人がいるK新の入口ではなく、三田新聞と共用の現像室側のドアから、三田新聞の部室を経由して外へ出た。

三田新聞には政治学科を卒業後、「専従」となっている女性が1人いただけだ。お互いに無言のまま、眼で会釈をした。

F派の5人の中に、海江田はいなかった。なお、K新の伊東ユリは出身の都立M高校で、海江田と同学年だった。

その日以降、私がK新の部室に入ることは一度もなかった。K新のバックナンバーなど多くの「資料」を失った。

部室から撤退した神山と清水は、日吉のC派に応援を求めたが、間に合わなかった。2人はK大C派の最高幹部・大山忠雄に、厳しく糾弾されたそうだ。

清水孝義は三田キャンパスから徒歩で10分ほどの「古川橋」近くの下宿に住んでいて、K新部室によく来ていた。文学部2年を2回留年しており、C派の「反軍活動」にも行き詰まっていたようだ。彼は岐阜県の名家の出身だが、2回留年の影響で、生活費に困窮していた。私はK新活動を手伝った謝礼として、毎回彼に千円をカンパしていた。なお、反軍活動とは、自衛隊内部で反戦ビラを配り逮捕されたK陸曹の支援を軸にした活動である。

清水は名家の出身らしく、お坊ちゃんぽい好青年だが、優柔不断で押しに弱いところがある。留年しながら反軍活動を続けているのも、これが原因であった。このままでは、大学を除籍になる可能性が高かった。

その後、私の強い押しで、私の後の編集長に据えた。彼は「書くこと」はあまり得意ではなかったので、本多勝一の『日本語の作文技術』をテキストに、文章の書き方を基本から教えた。また、紙面の割付けなどの編集技術を厳しく指導した。

岐阜にいる清水の母親から、孝義を「悪い道」に誘わないでくれと、電話で強い抗議を受けた。C派の活動家を辞めて、新聞活動に専念すれば留年しないで卒業できることを、私の経験を含めて説明・説得したが、母親の理解を得るのは困難を極めた。1時間ほど電話は続いたが、平行線だった。

清水はその3年後にK大文学部を無事に卒業し、神奈川県のM市役所に入所。定年まで勤め、現在も再任用で働いている。

蛇足だが、清水は母性を擽るタイプの男だった。卒業から約10年後、彼の妻から私に問い合わせの電話があったが、その内容については新聞の編集長風に述べることを許してもらえば、「紙面の都合で割愛する」である。


部室を失った後に、三田キャンパス近くの古い下宿の一室を確保し、新聞活動を継続した。「幻の門」から5分ほどの場所だ。F派に見つからないように、少人数の部員だけで活動していた。

新聞部に届く各種の郵便物は、塾監局1階の大学本部広報室の郵便箱に、団体ごとに仕分けられていた。印刷会社からの請求書など、重要な書類も来るので、注意しながら部員が受け取っていた。

1971年11月下旬の午後。三田キャンパスの大きな銀杏の樹には、無数の葉が黄色く色付いていた。この日は、私と部員の中山光雄が、幻の門からキャンパスに入った。授業に出る文学部3年の中山と別れて、私は「塾監局」に向かった。郵便物を受け取り広報室から出た時、「その時」は再び訪れた。

塾監局1階のコンコースでF派幹部のGが突然、私に近づいてきた。私はGを振り払い、建物の外へ駆け出した。幻の門へ続く階段の手前で、F派の武闘派Mが待ち構えていた。私は走ってきた勢いでMに体当たりし、階段を駆け下りた。足が絡まりそうになったが、転ばずに幻の門を出た。

国道1号桜田通りを北へ走り、交番の前で一旦速度を落とした。さりげなく振り返ったが、追っ手はいないようだ。念のために赤羽橋まで走り、狭い路地を迂回しながら、下宿の部室に戻った。もともと私は中距離走が得意だが、石段で転ばずに助かった。

三田キャンパスで私の在学中と最も変わったのが、「幻の門」のあった場所だ。今は高層の校舎「東館」になっており、下の部分がアーチ型の吹き抜けで、「東門」となっていた。外壁は図書館旧館と同じ紋様で、キャンパスの象徴的な建物の一つになっている。アーチを抜けてキャンパス内に入ると、石段と坂道の風景が昔のまま残っている。

拡幅された国道1号桜田通りに出て、すぐ北隣に和菓子店「文銭堂本舗」がある。かつては、国道の対岸にあり、パーラーを併設していた。横山亜希子や他の部員とよく通った店だ。私はいつも、小倉パフェを注文していた。国道を北へ進み、以前と同じ場所にある交番前の信号を右折して、NEC本社ビル方面に向かう。かつて「太陽銀行」があった場所が、今は芝信用金庫になっていた。その角から5軒目に仮の部室、古い下宿があったのだ。5年前に訪れた時には建物がそのまま残っていたが、今は更地になっている。

当時の下宿には、F派に発見されないように少人数の新聞部員だけが来ていたが、横山亜希子もその一人だ。明治公園で私と手を繋いでから、1年が過ぎていた。亜希子は長い髪とジーンズがよく似合う、童顔の美少女である。化粧気は全くないが、顔が小さく唇が魅力的で、男子学生に人気があった。国立G大付属高校から文学部に入学した第1学年の時も、日吉キャンパスの学生集会で目立つ存在だった。

「経済学部3年のO君を知っていますか。C派のシンパだった彼は今、国家公務員上級試験を目指しているらしいです。彼は2年の時彼の友達の下宿を利用して、計画的に私を犯そうとしたのですよ」

「O君はちょっとだけ、知っているよ。C派の集会で見かけたことがあったよ。それで、大丈夫だったの」

「もちろん、大丈夫でした。その後は、一度も会っていないです」

三田の下宿で、二人の会話は進む。横山亜希子は何でも屈託なく話してくれた。また、K新の編集活動にも積極的で、印刷を委託していた茅場町のB新聞社で紙面の校正を一緒にしていた。亜希子は当時アメリカの若者の流行に敏感で、いつもジーンズに上半身は綿のボタンシャツだった。これも流行りで、ノーブラの胸元が挑発的だ。

キャンパスに入れない状態が続いていた私は、週の半分ほど三田の下宿に泊まり込み、原稿書きや紙面の編集に集中していた。下宿には新聞部の経費で買ったガスストーブがあったが、隙間の多い古い建物で夜はかなり冷え込んでいた。

12月初旬の朝。亜希子が早い時間に下宿を訪れた。私は起きたばかりで、布団は敷いたままだ。

「1時限目が休講だったの。早く起きて来たのに、損しちゃった」

亜希子はいつものように、屈託ない表情で話す。しばらく会話が弾んだ後、亜希子は立ち上がり入口の方を向いた。

「2時限目に行こうかしら」

「行かせないよ」

私は亜希子の後ろから、彼女の両方の胸を掴んだ。亜希子は頭をのけぞらし、体重を預けてくる。綿シャツのボタンを外して両手を入れ、布団の上にゆっくり倒れ込んだ。亜希子の息遣いが激しくなる。亜希子の柔らかい肌は、すでに汗ばんでいた。

「ずっと、部室で楽しかったけど……嫌いじゃないけど――。こうなると思っていたわ」


1月中旬の午後。亜希子は久しぶりに三田の下宿に立ち寄った。私の卒業試験の受験申込書を、代わりに出してもらうためだ。私は塾監局での「事件」の後、一度もキャンパスに入っていない。

「これは何ですか」

亜希子は悪戯っぽい表情で笑う。部屋入口の襖の横に、バリケード用に梱包したままの新聞の束を置いているのだ。私は亜希子の左肩をコートの上からそっと抱き寄せた。亜希子は黙ったまま、窓の外を見ていた。

私は大学の3・4年時、一度も経済学部の授業に出なかった。3年時の唯一の必修科目「英書講読」については、試験だけで単位を取ることができた。むろん、「就活」の経験は一度もない。

1月下旬の卒業試験には、マスクで変装してキャンパスに入り、卒業に必要な単位を辛うじて確保することができた。

当初は卒業の可否に拘わらず、K新の専従として残るつもりだったが、4年秋のF派との事態で、それを断念せざるを得なかった。

第3章　東京発、快速箱根ヶ崎行き

東京駅の1・2番ホーム。中央線快速電車のホームは、他の在来線ホームの上に設置されている。17時57分発の快速「箱根ヶ崎行き」は1番線に停車していた。夜のラッシュ時なのでかなり混んでいたが、何とか座席を確保できた。今年の2月の大雪以来、私は足の具合が悪い期間が長かったので、電車に乗る時はいつも座席を求めていた。かつて隣にあった3・4番ホームは、下の階だ。

1969年4月28日。日吉キャンパスを出発し、渋谷で山手線に乗り換えたK大全共闘C派80名は、東京駅3・4番ホームに到着した。すでにホームには、各大学の全共闘活動家が溢れていた。八重洲側の5・6番ホームにも、停車する車両からヘルメット姿の学生が次々に降りて来る。ホームには人が溢れ、電車は次第に徐行運転になる。

3・4番ホームでは、K大全共闘議長でC派幹部の藤元芳雄が肩車の上でアジテーションを始めた。

「我々は、本日の沖縄奪還闘争に勝利するぞ——」

山手線と京浜東北線は徐行のままホームを通過するようになり、その後全線ストップになった。丸の内側の1・2番ホームには、報道陣や見物人が溢れ、フラッシュが点滅する。その後、神田駅方向から赤ヘル軍団数百が、線路伝いに合流した。

集結した各大学・各派の全共闘活動家数千のヘルメット軍団は、角材・鉄パイプを手に線路上を有楽町・新橋方向へ進撃を始めた。「首都制圧・首相官邸占拠」を目指して。「革命」の二文字が、私の脳裏を過った。

2011年5月に公開された映画『マイ・バック・ページ』の冒頭部分に、4・28沖縄闘争の実写フィルムが挿入されていた。公開初日に新宿の映画館で観ていた私は、全身が凍り付いていた。一瞬、自分の姿が映っていたのだ。

東京地検4階の一室で、担当検事が3枚の写真を私に提示した。

「これが、新聞の取材に必要なのですか」

写真を見て、私は言葉を発することができなかった。東京駅の1・2番ホームで、多くの報道陣に紛れていた公安刑事が撮ったものだ。

M警察署の看守Sは、話好きだった。看守をしながら、昇進試験の勉強をしているそうだ。刑事と違って看守勤務だと、勉強時間の確保が容易なのだ。

「おい8号、8ちゃん。東大の先生が隣の部屋に入っているぞ。お前らの仲間だな」

東大教養学部助手のSさんなのか。東大闘争・東大全共闘には、学生・院生に加えて、多くの助手も参加していた。1・18～19の安田講堂攻防戦をピークに、東大・日大を頂点とする全国大学闘争は、70年安保・沖縄闘争に集約されていた。

快速箱根ヶ崎行きは、1番ホームを定刻に発車した。「秋の日は釣瓶落とし」と言われるように、外は真っ暗だ。左手の丸の内、右奥の日本橋に林立する高層オフィスビルの照明が眩しかった。旧万世橋駅舎が再開発された「マーチエキュート神田万世橋」のレンガアーチがライトアップされ、線路沿いに浮き上がってくる。

週刊朝日の元記者・川本三郎が原作の『マイ・バック・ページ』は、全共闘世代の人々の心を揺さぶる作品となっていた。

冒頭部分の実写シーンで凍り付いた私は、週刊朝日の表紙モデルの高校生を演じた女優・忽那汐里の凛とした美しさに、一時体の緊張が緩んでいた。しかし、映画の中盤、1969年9月の全国全共闘結成大会の場面を観て、再び凍り付いてしまった。私も、K新の「取材」で会場に来ていたので、このシーンにも強い思い入れがあった。

特に、二つの場面に釘付けになった。

一つは、会場の日比谷野音の入口付近で、全共闘議長山本義隆の逮捕を巡り、山本の支援者と公安警察が衝突する場面である。足が不自由な週刊朝日のベテラン記者が体を張って山本を守る場面は、涙なしに見ることはできなかった。もう一つは、白ヘルの後部にK大の二文字を記した女性活動家が、会場に入る後ろ姿のシーンである。実写フィルムなのか定かではないが、当時「日吉のローザ」と呼ばれ、K大の内外で注目を集めていた医学部2年の石川みどりではなかったのか。

付属女子高出身の彼女は、C派の幹部として活動していた。男の活動家にも、歯に衣着せない口調で指示を出していた。医者の娘で付属校からK大医学部という超エリート路線を歩んでいた彼女が、なぜC派のプロ活動家になったのか。私など「付和雷同」分子の理解の外だが、当時の大学闘争・全共闘活動の本質をそこに見出すべきだと思う。

日吉発、渋谷行きの最終電車。渋谷の高級住宅地に実家がある石川みどりと、渋谷から井の頭線経由で帰る私が一度だけ、一緒に乗ったことがある。私が大学2年の夏だった。

「卒業してから、どうするのですか。普通の会社員ですか。教員や公務員もいいですね」

「まだ2年で、いつ卒業できるか分からないし――。私は一浪で、K大に入ることだけが目標だったので、卒業後のことなど考えたこともないです。もし可能なら、予備校時代にK大受験のために英語が得意になったので、高校の英語教師もいいかな。ただし、経済学部なので選択科目を増やさないと、資格は取れないですね」

「今日は母がハンバーグを作って待っているので、遅くなってしまったけど、久しぶりに実家に帰るのですよ」

最終電車が自由が丘駅を過ぎた頃から、左側に座っていた彼女は眠ったようで、私の左肩に頭を預けてきた。私はそのままの体勢で、終着の渋谷まで動くことができなかった。

1年後、大学3年の私は三田キャンパスで新聞会活動に専念していたが、たまたま三田に「オルグ」に来ていた石川みどりとすれ違った。私は伊東ユリと有楽町のAT

G試写室に行くところだった。私に対しては無言だったが、石川は伊東ユリにC派の活動の指示を与えていたようだ。

20数年後、「風の便り」で、石川みどりが同じK大C派出身の活動家堀井直人と結婚し、C派の活動から離脱していることを聞いた。なぜか、すごく嬉しかった。堀井は党派闘争の時は武闘派として先頭に立っていたが、心の優しい好青年だった。

大学3年の秋、三田祭前日の夕方。第1号館内部の柱に、C派の闘争ステッカーを貼る活動を私も手伝っていた。館内を巡回していた大学当局学生部の遠藤が、私を名指しで「竹森さん、糊で貼るのは止めてください」と中止を求めてきた。私は無視して続けようとしたが、堀井は「セロテープで貼るからいいですね。終わったら、すぐに剝がしますから」と間に入った。当時、日吉理財学会（経済学部自治会）委員長だった堀井直人は、そのような男であった。

石川みどりが実家で、母の作ったハンバーグを堀井と一緒に食べているシーンを、私は勝手に想像していた。

箱根ヶ崎行きの快速電車は、「明治公園」の最寄り駅千駄ヶ谷を通過し、新宿駅の12番ホームに入線した。

9月22日、月曜日の朝。私は新宿駅4番ホームから、発車間際の湘南新宿ラインに乗車した。赤羽駅で、10時10分発の特急「草津1号」に乗り換え、二日後に廃駅となる川原湯温泉駅に向かった。八ッ場ダムに沈む駅の構内には8年前からずっと、私の撮った写真の大型パネルが展示されている。雪の川原湯温泉駅ホームに、ゆっくりと入線する特急草津号を撮った風景作品である。国土交通省の八ッ場ダム工事事務所が主催する写真展、「まぶたを焦がすあなたのふるさとフォトコンテスト」で、入賞した作品だ。

駅には「撮り鉄」が溢れていた。私はいわゆる「撮り鉄」ではないが、八ッ場ダムへの思い入れが深く、駅周辺の吾妻渓谷と吾妻線の写真を多く撮っている。私は常々、プロの「写真家」並みと自称していた。

新宿駅で満員になった快速電車は、中野から各駅に停車する。近年、下車する機会が多い荻窪・西荻窪を過ぎて、私の自宅近くからバスの便があり、よく利用する吉祥寺駅に着いた。

駅ビル地下の和風喫茶で、K大卒業後初めて、横山亜希子に会った。約1年ぶりの再会で、彼女は文学部4年になっていた。

「君もあんまり変わらないね」

「そうかしら。これでも少しは化粧するようになったのよ。気が付かなかったの」

タバコの灰を落としながら、亜希子は童顔をほころばせた。換気の悪い地下のK新部室では、私に遠慮してか、彼女はタバコを吸っていなかった。

「あなただって、少しも変わってないわ。大学時代から、老けて見えたもの」

彼女に頼んであった大学構内でしか手に入らない冊子「三田会一一三」号を受け取り、1時間ほど会話は続いた。

「先月、高校時代の同級生が内ゲバに巻き込まれて、亡くなったのですよ。K派の活動家ではなかったのに」

横山亜希子に、暗い表情は似合わない。

「東大生が引っ越し中に襲われた『事件』のことですね。高校の同級生だったのですか」

当時、沖縄の「本土復帰」が決まり、目標を失った学生運動は後退局面に入っていた。セクト間の党派闘争、いわゆる「内ゲバ」が激しくなり、人々の支持を失いつつあった。そしてその後、連合赤軍の一連のリンチ「総括」事件が発覚する。

「言い忘れていたけど、あのO君は通産省に入ったそうですよ」

亜希子にはやはり、笑顔がよく似合う。

箱根ヶ崎行きの快速電車は、国分寺駅で特別快速の待ち合わせで、しばらく停車する。

駅の北口近くの「日立中研」敷地内には、野川源流の大池湧水群がある。大岡昇平の小説『武蔵野夫人』の書き出しにある「野川」の源流である。私の自宅近くを流れている中流域の野川は、私の日常そのものと言える。足の具合がよかった頃には、速足で源流近くまで歩いていたのだが。野川沿いに上流に歩き、野川公園・武蔵野公園を通り過ぎ、野川から少し離れて「はけの道」を西に進む。当時の中村研一美術館北側にある国分寺崖線に、『武蔵野夫人』の舞台になった場所が、小金井市の「美術の森・はけの森」として保存されている。私の速歩コースの途中だ。

私はいわゆる「乗り鉄」ではないが、鉄道の走行経路に興味を持っている。大宮発、武蔵野線経由の「鎌倉行き」電車を知っている「乗り鉄」は少ないだろう。30数年前、私が西国分寺駅で乗車した「鎌倉行き」は府中本町駅を通過し、多摩川を渡ってトンネルに入った。多摩丘陵の直下を走る武蔵野西線だ。通常は貨物専用線で、新川崎駅の手前で地上に出て横須賀線に乗り入れるのだ。当時、週末の一往復だけ運行していた臨時電車だ。

毎日一本だけ運行している快速箱根ヶ崎行きは立川から青梅線に入り、拝島駅に向かっている。私は「撮り鉄」でも「乗り鉄」でもないが、拝島駅で後方に併結している五日市線を分割するシーンと、入線する「ホームの番線」に興味を抱いていた。

19時9分、快速箱根ヶ崎行きは拝島駅の「1番線」を発車した。私の予想に反して1番線に入線した車両は、武蔵五日市行きを分割して、青梅線の下り・上りの2車線を斜めに横切り、八高線の単線に合流した。

東福生駅を過ぎて19時18分、箱根ヶ崎駅に到着した。17時57分に東京駅を出発して1時間20分、思ったよりも短い電車の旅だった。箱根ヶ崎駅を中核とする瑞穂町は、米軍横田基地の北端に位置し、狭山丘陵の西に広がる静かな町である。都内有数の茶の産地で、東京狭山茶が名産品だ。駅前に賑やかな場所はなく、小さな飲み屋街が僅かに基地周辺の町の面影を留めていた。

この時間なので、横田基地の爆音は聞こえてこない。むろん、横山亜希子の耳に馴染んでいた「ファントム」の爆音も、今は聞こえる由はない。

本土にある米軍基地と、米軍基地の中にある沖縄を比べて論ずることは、ナンセンスである。「本土復帰」とは名ばかりで、基地の島・沖縄の現状は45年前とほとんど変わっていない。日米安保の負の部分を、今も沖縄県民が全て、背負わされているのだ。

——留置所の同じ房に入ってきたA青年は、僕が沖縄闘争のデモで逮捕されたことを知ると、ぽつりと話し始めた。「本土の海は汚いね。泳ぐ気なんか起こらない。沖縄はきれいだよ。全然ちがう。早く帰って泳ぎたい」と語った。僕の起訴が決まり、拘置所に移る前日の一時だけ、彼と話ができた――。

1970年秋、三田祭前日のシーンに登場した堀井直人が約1年後に、K新に投稿した「獄中の塾生からの手紙」の一節である。

今、沖縄名護市辺野古の「きれいな海」に、新たな米軍飛行場が造られようとしている。

東京発「快速箱根ヶ崎行き」の短い旅の道程で、1969・4・28沖縄闘争から45年後の今、「黄昏」の日々に至る私の内なる「総括」を試みたが、旅の道程も内なる「総括」も未だ、進行形のままである。

第4章　物置部屋の、引出しの奥から

三田の図書館新館では歴史の屑籠に投棄され、第1号館地下の部室で「あの時」に失ったK新のバックナンバーが、自宅2階の机の引出しで見つかった。20年以上前から、この部屋は物置代わりになっていた。

私は超立体のマスクで防護して、埃を払いながら、確認作業を行う。年次順ではなく、各号は雑然と重ねられている。私が捜している大学3・4年次の各号は見つかるのか。黄色く変色した紙面の年次は飛び飛びで、号数も揃っていない。2段目、3段目、4段目と引出しの中に積もった埃を払いながら探索を続ける。当時使っていた15×15の新聞用手書き原稿用紙が出てきた。また、草稿の断片も出てきた。

大学時代に私は、2階のこの机で万年筆を使って原稿を書いていた。大変な労力と集中力を必要としていた。テレビを見ながらパソコンを打っている今の私と比べて、どれだけの時間を要したのか、想像も付かない。

2段目の引出しの奥から、折り目が千切れた1972年3月15日号が見つかった。私が卒業前の、最後の紙面である。2面の末尾に、短い「会告」が載っていた。

——K大新聞会定期3月合宿において、72年度の編集長に文学部2年の清水孝義君が決まりました。以下、清水君の就任のあいさつを掲載します。

「言論・思想弾圧の嵐に抗して、あらゆる政治勢力の政治的利用主義をも排し、K大新聞会は文字どおり独立団体として、自ら変革のための普及手段たらんことを志す決意です」

会告の最後に、前編集長の談話が私の実名入りで載っている。

「きわめて困難な時代ではあるが、あらゆる抑圧に屈せず、表現の自由を断固として守ることを新編集体制に期待する」——

実は、新編集長の就任あいさつ文も私が書いたことを記憶している。再び留年した清水君は、岐阜の実家で母親の説得に当たっていた。なお、定期合宿は西伊豆松崎町の雲見で、毎年行っていた。常宿の金沢荘は、雲見温泉随一の割烹旅館であった。割烹旅館だが、宿泊料金は民宿並みである。

3段目の引出しから、1975年2月15日号が見つかった。私がK大卒業後3年目の受験生特集号だ。卒業生からのメッセージ面に、ペンネーム吉村英樹名で投稿した私の文章が載っている。

——冬の海は今にも私を吸い込むように、眼下で黒く渦巻いている。コバルトブルーの西伊豆の海も、今はその鮮やかさを感じることができない。数艘の小さな漁船が波に揺られながら、鈍い日差しの中で小枝のように浮かんでいる。高架道路と砂浜のアンバランスな空間に、懐かしい家並みが近づいてくる。6年間という歳月は、確かにこの漁村に開発という名の何かをもたらしてきた。

——1975年1月15日、今年もまた成人の日を迎えた。6年前のこの日、東大安田講堂前のアスファルトの上で、差し迫った機動隊導入に備えて、窓を覆うベニヤ板に打ち付けられる釘の音を聞きながら、夜中の冷気に凍り付いた足の裏をたき火に当てていた20歳の私。成人式の当日だ。そして今、単純な事務労働の惰性の中に、辛うじて生を見出している日常。――団塊世代の故、受験地獄で歪んだ青春。毎日予備校と家を往復するだけの浪人時代。そして合格発表の朝、擦れ違う受験生たちの引きつった顔には目もくれずに、駆け抜けた三田の仲通り――。

葉のすっかり落ちた大銀杏。誰もいないベンチ。久しぶりの三田キャンパスは、かつての平和な時代のそれだった。学生たちの熱気は、何処へ行ってしまったのだろう。つぼみがまだ固い桜の並木をくぐり、3年前と少しも変わらない幻の門から外へ出る。近代的なビルの谷間で、今にも潰れてしまいそうな学生時代の下宿――。

狭い砂浜いっぱいに、不気味なほど静かな波が押し寄せてくる。ここでは、夏の賑やかさを想像することさえできない。雲見の烏帽子山頂上の誰もいない展望台で、遠く波勝崎を望む。真下の絶壁には、白い波が音もなく砕けている――。

1975年の冬に投稿した文章の抜粋である。受験生へのメッセージにはなっていないが、モラトリアム状態だった当時の自分の心象風景が分かり、今読むと懐かしい。

私の編集長時代、大学3・4年次の一部の号が、3段目の引出しの下の方から見つかった。1970年4月1日号から「沖縄報告・革命の火薬庫より」の連載が始まっている。

――沖縄全軍労の2波に亘るストライキ闘争は、昨年11月の日米共同声明によってアジア危機を乗り切ろうとした日米両政府に大打撃を与えている。1972年の沖縄「返還」に至る政治過程において、沖縄現地における労働者・学生の闘争が決定的な意義を有している。ところで、読者の皆さんは昨年8月に嘉手納基地突入を貫徹した3学生のうち2人が、K大の学友であることをご存知でしょうか。当新聞会では、今号から2人の沖縄報告を連載します。

編集部の「リード」文から抜粋した一文である。この後、「沖縄報告」は毎号連載が続く。翌年10月下旬の「あの時」まで。

1971年4月15日号から、「K大学生運動の歴史」の連載を始めた。私の1年前に経済学部に入学し、1967年の10・8羽田闘争に始まり、佐世保・王子・三里塚と続くいわゆる「激動の七ヶ月」を体験した村越透君に原稿を依頼したものだ。全国的な闘争とK大学内の闘争を自らの体験を踏まえて書き下ろした力作となっていた。私もK新、三田新など当時の膨大な資料を提供して、村越君の執筆を支援した。第1回「米資闘争前史」の前文で、村越君は次のように述べている。

——標題を正確に記しておく。

「もし、でたらめな平和の幻想に生きようとするなら、おしゃべりはやめてもらいたい」

1956年、スターリン主義の圧政に抗して叫び声を上げたハンガリア人民の言葉である。自分の言葉がどのような質の「おしゃべり」なのかという疑問を残したまま、僕は文章を書く。僕の文は「全面的総括」ではない。僕の文は「未来をさし示」さない。ただ、文中の事実のみが、たった数行で数年間の闘いを「総括」し、70年代へ主体的に「つきぬけた」がごとき文を売っている「新左翼」と、外側にある安全地帯で「激動の歴史」を語る「評論家達」の思想的、政治的死を早めることを、僕は熱烈に願う――。

なお、「米資闘争」とは、K大医学部米軍資金導入反対闘争の略称である。1967年に始まったこの闘争は、1968年春に日吉全学ストへ拡大していく。当時、全国の大学で個別の闘争が戦われ、東大・日大を頂点とする全国大学闘争へと発展していった。

村越透君は私の1年前、1971年3月に経済学部を卒業した。「風の便り」によれば、彼は大手旅行会社に就職したそうだ。

4段目の引出しから、1975年12月15日号が見つかった。私が卒業してから、3

年半過ぎた時期だ。旧知の新聞部員は一人もいなかったと思う。私の後継編集長・清水孝義も、同年3月に卒業している。

投稿欄に掲載されたのは、ペンネーム吉村英樹名の「ウソと作為の『作家』柴田翔――余呂利久君への手紙――」という私の一文である。2500字ほどの「手紙」なので、ここで全文を紹介できないのが残念だ。今読んでみて、よくこれだけ書けたなと自己満足的に、自分自身を再評価した。今ではほとんど判らなくなったが、50歳代まで私の右手中指に大きなペンだこが残っていた。それだけ多くの原稿を書いていた証明だが、文学や作家について書いたのはほかに記憶がない。

文学部1年の部員・余呂利久君が同年の前々月号に書いた「柴田翔と現代社会」を読んで、あえてペンを執った投稿文だ。

――一昨年の冬、すでに大学を去り一人の労働者となった私は、『われら戦友たち』を書店の店頭で見つけました。かつて青春の一時期において愛読した柴田翔の新作だけに、私もひそかに期待して読み始めました。しかし、四分の一も読まないうちに裏切られた気持ちと、激しい怒りが込み上げてきました。

この作品は、60年安保闘争に青春のすべてを賭けた学生・労働者たち、とりわけ死を賭して闘った樺美智子さんへの最大の冒とくです。柴田翔は60年安保闘争に対して常に傍観者でしかなかった自分を合理化するために、一知半解的な知識をくず箱の中からかき集めて、この作品を作り上げたのです。傍観者なら傍観者らしく、これまで通りに自分の偏狭な世界の中で創作すべきでした。現に多くの人たちから、柴田翔に対する激しい憤怒の声を聞いています。

柴田翔に心酔している余呂利久君に、私はさらに続ける。

本当の文学は、他にいくらでもあるのです——。取り敢えず、井上光晴の『虚構のクレーン』と『他国の死』を推薦します。君の言葉を借りれば「19歳という不可解な時間を生きて行く」支えが、根本的に変わると思います——。

K新聞の次代を担う青年・余呂君を叱咤激励する意図で投稿した「手紙」だが、その後2年も経ずにK新が廃刊になるとは、私の想定の外だった。

物置代わりになっていた2階の部屋は、3方の壁が書庫造りになっている。ここも埃まみれだが、井上光晴の作品は単行本、全集、短編集を含めてほぼ全作品が揃っている。2回以上読んだ作品もあり、私の文学の原点になっていた。

井上光晴が晩年、調布東山病院に入院していた時、瀬戸内寂聴が見舞ったことを、同じ病院に入院していた母の知人から聞いたことがある。瀬戸内が大衆小説作家・瀬戸内晴美時代に井上光晴に師事し、瀬戸内寂聴として純文学作家に転身したと聞いている。また書庫の片隅から、初期に井上光晴の影響を受けていた村上龍の『69』が見つかった。1968年1月のエンタープライズ入港阻止闘争で騒然とした佐世保を舞台に、高校生時代の彼を主人公とした自伝的小説だ。私の好きな作品の一つである。私の2歳年下の村上龍には、ある種の親近感を持っている。彼の作品を全部読んだ訳ではないが、『トパーズ』も好きな作品だ。

当時、角川書店の御曹司、角川春樹が映画製作に進出していた。村上龍の「村上」と、角川春樹の「春樹」を取って付けた様な名前の「村上春樹」が登壇したのもこの時期だ。彼の作品には全く興味がなく、私は一作も読んでいないので、評価は差し控える。

2階の書棚では他に、丸谷才一の『裏声で歌へ君が代』と安部公房の『方舟さくら丸』そして加賀乙彦の『湿原』と山田詠美の『風葬の教室』が見つかった。4作品とも、私の好きな作品だった。また、宇野弘蔵や大内力の経済学書や全共闘時代の雑誌「現代の眼」などが、書庫に隙間なく並んでいる。いずれも、私が30歳代後半までに購入したものだ。また、当時の文芸誌も山積みされていた。

近年に購入したのは、浅田次郎の『マンチュリアン・リポート』だけだ。これは、1階に保管してある。旧満州・大連出身の母親に勧めているのだが、長編なのでまだ読んでいないようだ。「序章」だけでも、読んでもらいたい。序章を再読して、私は震撼した。

「本日、内閣が倒れた。知っておるか――。そもそもの原因は、私にあるらしい。一年前に、張作霖が列車もろとも爆死した事件は知っているね」

「知っております。関東軍の謀略であります」

「そうそう、それにちがいない。田中首相も当初はそのように申していた。しかし、だんだんに言うことが曖昧になって、ついには陸軍が何も関与せぬような口ぶりになった。そこで私は、田中を叱った――」

昭和天皇実録にある、田中義一首相の説明の齟齬を詰問した場面そのものである。日本ペンクラブ会長を務める浅田次郎の深い識見と的確な歴史認識に、あらためて敬服するのみである。また、彼の多くの作品は、「映像化」に適している。『鉄道員』『地下鉄に乗って』そして最新作の『柘榴坂の仇討』、私はすべて見ている。元首相の小泉純一郎風に言えば、「感動した」である。

昭和天皇実録にもう一点、言及しておきたい。A級戦犯が合祀された「靖国神社」を、昭和天皇が一度も参拝しなかったことだ。

どや顔で、靖国神社参拝を繰り返すT女性大臣、そして戦前の日本を「美しい国」

と讃頌し、戦後レジームからの脱却を掲げる安倍首相は、「昭和天皇実録」を読んでいるのだろうか――。

4段目の引出しの奥から、1971年10月15日号が見つかった。私が大学4年の秋、厳しい時期の紙面だ。新しく新聞会会長を引き受けて頂いた石坂巖教授の「会長就任にあたって」が1面の囲みに載っている。

「私は、K新はもっと学生生活に関わりのある問題を取り上げねばならないと思う――。これは何も学内的視点にあくせくすることではなく、時代の課題や世界史の動向を見つめた上でのことである――。K新が紙面を通じて、大学の社会的機能を演じて欲しいと思うことは理想かもしれないが、現代がナチス登場前の30年代状況だと言われ、体制が右傾化する社会状況下にあって、自主規制の強い一般マスコミにはできぬ役割を果たすことが、大学新聞の使命だと思う――」

ほんの一部の抜粋だが、40年以上前に今日に通じる時代状況を予見した石坂巖先生の洞察力に、感服・感謝する次第である。

従軍慰安婦問題を巡って朝日新聞バッシングが賑やかだが、ここで作家半藤一利氏の一文を紹介しておく。週刊文春10月9日号に掲載された半藤氏の「朝日バッシングに感じる戦争前夜」からの抜粋である。

「私は昭和史を一番歪めたのは、言論の自由がなくなったことにあると思っています。昭和6年の満州事変から日本の言論は一つになってしまい、政府の肩車に載って戦争へと向かってしまった。あの時の反省から、言論は多様であればあるほど良いと思うのです。今の朝日バッシングには、破局前夜のような空気を感じますね」

大きな声を出す者たちが、必ずしも多数派とは限らない。いつの時代にも、「識者」は必ずいると信じたい。

第5章　黄昏の全共闘世代は、今

一つの時代が確実に終わりを告げ、新たな時代の秩序の中に包摂されたとしても、その時代に燃え上がった青春の炎とその残滓を、誰も完全に消すことはできない。

私たちの時代は、一般的には団塊の世代と呼ばれている。人口統計的には、その定義は間違いではない。だが、私はあくまで「全共闘世代」と呼ぶことにしている。

全共闘世代の多くの人々が、その時代の残滓を消すことなく、今を生きているだろう。

川本三郎、石川みどり、堀井直人、清水孝義、伊東ユリ、村越透そして横山亜希子——。彼らは、そして彼女たちはそれぞれ、あの時代の残滓を引き摺りながら、今を生きているだろう。残滓の重さに違いがあっても、私もその一人である。

残念ながら、今の日本の政界において、あの時代を共有しているのは、野党第一党の幹部・海江田君だけだ。私の「旧敵」海江田君に、全共闘時代の残滓が残っているのか、定かではない。

自宅2階の書棚の片隅で40年以上、埃に埋もれていた「三田会一一三」号が見つかった。その巻末の頁に、構成・編集「海江田万里」と記してあった。海江田君が編集責任者だったのだ。また、卒業生名簿・経済学部X組の頁に、私の名前があった。名簿にはそれぞれ、就職先が書いてある。三菱銀行、三井物産、松下電工、東京銀行、明治生命――。私の就職欄は何故か、空欄であった。

法学部政治学科X組頁の一番目に、M銀行の行員、天里知美さんの「父親」名が載っていた。次回、預金の更新手続きで調布北支店に行った時に、彼女に見せてあげたい。

外れて落ちた福沢諭吉の「写真」頁を元に戻して、三田会一一三号に再び目を遣る。伊東ユリを始め、懐かしい名前が次々に見つかったが、ここでは字数の関係で割愛する。

ＮＨＫの連続テレビ小説『花子とアン』最終回を見ながら、この第５章を書いている。花子が語る『赤毛のアン』の一節を、急いで書き留めた。

曲がり角の先にはきっと、美しい景色が待っています――。

隣の部屋から89歳の母親のいびきが、かすかに聞こえてくる。今では、一日の時間の半分以上、寝たままだ。

私の歩んでいる「老老介護」の道は、これからも長く続いて行くだろう。そして、その道の曲がり角の先に、美しい「黄昏」を見ることができるのか、知る由もない。

私は再び、自分の足で普通に歩き始めた。自宅から北へ数分の所に、Ｋ小学校がある。その北側に今も、水田が広がっている。稲穂はたわわに実り、刈取り寸前だ。ここには、武蔵野の原風景「里山」が残っている。「はけ」の坂道を登り、国分寺崖線の上に出ると、中央道の側道だ。自分の足で普通に歩くことの喜び。私は何故か、中島みゆきの新曲「麦の唄」を口ずさんでいた。

なつかしい人々　なつかしい風景――

嵐吹く大地も　嵐吹く時代も――
麦は泣き　麦は咲き　明日へ育ってゆく

今年の5月、痛風の「湯治」で草津温泉に旅をした。道中、高崎線の車窓から観た関東平野の美しい「麦秋」の風景が、私の脳裏に浮かんでいた。

警戒レベル1の「御嶽山」噴火の被害状況が、刻々と伝わってくる。亡くなった男性の妻は、「噴火の写真なんか撮っていないで、逃げてほしかった」と述べて、夫の最後の写真を公開した。

私はこの当時、本州唯一の火山噴火警戒レベル2の草津白根山で来週、予定通り恒例の紅葉撮影会を敢行する。

季節は巡り、2週続きで大型台風が直撃した。そして、台風一過の朝。強い日差しで気温の上昇が急だ。ゴミ出しのため門の外に出ると、水路に架かる道路上で黒くて長い線状の物体が動いている。大型のヘビ、青大将だ。カメラを取りに戻っている間に、水路敷に隠れてしまった。その後ろから、大きなカマキリがゆっくり歩いてきた。介護中の母親に見せるため、捕獲を試みたが、反撃されたので断念した。次の橋の下で、青大将の撮影に成功した。台風で増水した野川から、避難してきたようだ。痩せているが、長さは１・８メートルほどあった。

ネオナチシンパの「どや顔」と「ヘイトスピーチ」他１名の女性大臣３人が再び、靖国神社を参拝した。まるで、安倍首相への忠誠心と愛国心を競っているようだ。参拝していない２人の女性大臣は、「政治とカネ」の問題で、ダブル辞任となった。

「なんで日本人は、あんなに威張っていたのでしょうか――」

山口淑子さんが「歴史写真アーカイブ」に寄せた、心に刻む証言の一節である。黄昏の全共闘世代が再び、その残滓を炎に変えて声を上げる「その時」は、いつ来るのだろうか――。

御嶽山の噴火から今日で１カ月。新聞紙面には、生存者の生々しい証言が載っている。

テレビに目を移すと、ショートヘアで凛とした女性キャスター夏目三久と明大の齋藤教授が、道徳教育の「教科」化への懸念を論じている。朝8時にはやはり、「麦の唄」を聞きたい。

なつかしい人々　なつかしい風景――

今日もまた、この唄で一日が始まる。この日の夜、東京都心で木枯らし1号が吹いた。

季節も時代も、冬は確実に近づいている。


2014年10月28日、第1部校了。

第2部　快速西船橋行き

第6章　大雪の日から、一年

大雪の日から、一年目の朝。寝ている部屋のトタン屋根から、雨音が聞こえてくる。朝刊を配達するバイク音も確認できた。昨日の天気予報で東京でも積雪の可能性が指摘されたが、今のところ大雪にはならないようだ。

自宅は、築50年の木造家屋。雨漏りもしばしばだ。

1月下旬の雪の後、トタン屋根の雨漏り箇所をガムテープで補強したので、今は大丈夫だ。建築当時そのままの古い雨戸を開けると、庭の餌場でヒヨドリが首を傾げている。餌はまだか。ピーピーと大きな声を張りあげる。

母親の朝食用のバナナを半分切って、食べやすい大きさに裁断する。皮の上に載せて、雨のかからない餌場に乗せる。すぐにヒヨドリが飛んできて、美味しそうに食べ始めた。

いつもは朝10時頃まで寝ている89歳の母親が、8時前なのに起きてきた。『マッサン』を観るそうだ。今年1月から、「麦の唄」は「2番」に替わっている。2番もいいが、私の小説のテーマにはやはり1番だ。

なつかしい人々　なつかしい風景——

嵐吹く大地も　嵐吹く時代も——

今朝から第2部の執筆を開始していたが、中断して母親の朝食の準備に当たった。3月31日がS文学賞の締め切りだ。「第1部」ですでに67枚書いてあるが、100枚程度が目途なので、急がなければ——。

午後のテレビニュースに、NHKの籾井会長が再び「どや顔」で華々しく登場した。安倍首相のよく使う言葉に、「有識者」がある。自分のお友達のことだ。籾井会長のような人間がなぜ、「有識者」なのか。意味が全く、解らない。

第2部でも引き続き、「歴史認識」と「沖縄問題」は小説全体を貫く基本テーマだ。

国民の「受信料」でハイヤーに乗り、高級カラオケ店で「プロの歌」を披露する籾井会長のお蔭で、私は再び「書く」意欲が湧いてきた。期限の設定に加えて、「怒り」は筆の進みを加速する。

第7章　出前のチキンライス

季節は巡り、時代は廻る。

今年になって、「イスラム国」に関連する殺害事件が日本にも波及してきた。湯川遥菜氏の処刑に続いて、ジャーナリストの後藤健二氏の殺害が、1月末に報じられた。テレビでは無論、処刑の具体的な映像が放映されることはない。インターネットでこの画像を検索する趣味も、私にはない。だが、何故か私の記憶の深層に、この事件とは全く異質な過去の情景が甦っていた。決して思い出したくなかった、衝撃的な映像だ。

１９７０年11月25日の正午過ぎ。三田キャンパス第１号館地下のＫ大新聞会の部室で、私と数名の部員はいつものように昼食を食べていた。キャンパス近くの中華食堂から、それぞれ好みのメニューを、出前で注文していたのだ。私は何時も、チキンライスだ。

部室の古いラジオからは、歌謡曲が流れている。最近Ｋ新に入ったロック好きの横山亜希子は、まだ来ていない。

突然、ラジオは臨時ニュースに変わった。

「本日11時過ぎ、三島由紀夫ら楯の会のメンバー数名が日本刀を持って、市ヶ谷の自衛隊駐屯地に乱入しました。三島らは東部方面総監を拘束し、バルコニー前に集めた自衛隊員に『決起』の檄を飛ばしたが叶わず、割腹自殺を図りました。三島と楯の会の１名が死亡した模様です。楯の会の他のメンバーが介錯した、三島の頭部が――」

私はチキンライスを三分の一ほど食べたところだったが、それ以上食べるのは不可能だった。

この日の午後、池袋の芳林堂書店に小冊子「K大入試のために」を納品する予定になっていた。１００冊を大きな紙袋に入れて、私は田町駅から外回りの山手線で池袋に向かった。街は、鈍色の雲に覆われている。池袋駅前の広場には、異様な空気が漂っていた。人々が持っている新聞各紙の「号外」には、三島由紀夫の「頭部」と思われる写真が大きく載っていた。

書店に納品して帰路に就いたが、私は得体のしれない恐怖感で、脂汗をかいていた。今にも、「憲兵隊」や「ファシスト」に襲われるような「幻影」が、脳裏を過っていた。

何とか自宅に戻ったが、食欲は全くない。翌日、近所のK医院で診察を受けたが特に悪いところはなく、問診で「神経性胃腸炎」とされた。2日ほど自宅2階の部屋で、寝たままだった。何故か一時、当時40歳を過ぎていた母親が添い寝していたのを記憶している。20歳過ぎまで、私はマザコンだったのか。今、一日中介護しているのは、89歳の母親だ。

そして土曜日。私は勇躍、府中の東京競馬場に赴いた。競馬場も馬券を買うのも初めてだ。秋の天皇賞の前日、前売り発売をしているのだ。馬券の種類も買い方も、全く分からない。時々、テレビで競馬中継を見ていたので、8枠のハクエイホウという馬の名前を知っていた。同じ名門尾形厩舎の7歳馬フイニイが3枠だ。名騎手、野平祐二が騎乗している。枠連の3―8を600円買った。当時は無論、マークシートも機械売りもない。口頭で、あらかじめ印字されている馬券を受け取った。

翌日曜日。自宅のテレビで母親と一緒に、天皇賞の中継を観ていた。当時は、府中3200メートルの長距離戦だ。メジロアサマが1着、フイニイが2着に入った。ハクエイホウは着外だったが、メジロアサマは8枠の同枠で、「3―8」の枠連が的中した。600円が、約2万円になったのだ。ここから、私の波乱の「競馬人生」が始まる。「奈落」へ続く道へ、一歩踏み出したというのが、正確かもしれない。21歳、大学3年の秋だった。

翌日、三田キャンパスに向かう途中、的中馬券の払い戻しのため渋谷の場外馬券売り場に立ち寄った。渋谷駅から明治通り沿いを東へ向かい、並木橋近くの傾斜地に「場外」はある。

途中、「天井桟敷」の前を通った。寺山修司が主宰する前衛的な劇団だ。約1年前、唐十郎が主宰する「状況劇場」の団員が殴り込みを掛けた現場だ。その経緯は、ここでは割愛する。

寺山修司は周知のように、多才な人物であった。詩人であり、自作を自ら監督して映画化もしている。１９７４年にＡＴＧ系で公開された『田園に死す』は、私が選ぶ「映画ベストテン」の一つだ。Ｋ大新聞では、映画評論は主に、伊東ユリが担当していたが、私が書いたこともあった。大学卒業後、私が投稿した映評が「キネマ旬報」に掲載され、原稿料をもらったこともあった。なお、近い将来、「私が選ぶ映画ベストテン《試論》」として、キネマ旬報に投稿する予定だ。掲載されるかどうかは、知る由はない。

寺山修司はまた、競馬への造詣が深い人物としても有名だった。１９７８年1月、京都競馬場の「日経新春杯」レース中に骨折し、その後、療養中に死亡したテンポイント。当時の、国民的な人気馬テンポイントを追悼して、「競馬四季報」巻頭に寄稿した寺山修司の詩「さらばテンポイント」の一節を、ここで紹介したい。

もし朝が来たら
グリーングラスは霧の中で調教するつもりだった
こんどこそテンポイントに代わって
日本一のサラブレッドになるために
（中略）
もし朝が来たら
カメラマンはきのう撮った写真を社へもってゆくつもりだった
テンポイントの
最後の元気な姿で紙面を飾るために
（中略）
だが

朝はもう来ない
人はだれもテンポイントのいななきを
もう二度ときくことはできないのだ
さらば　テンポイント
目をつぶると
何もかもが見える
ロンシャン競馬場の満員のスタンドの
喝采に送られて出てゆく
おまえの姿が
（中略）
だが
目をあけても
朝はもう来ない
テンポイントよ

おまえはもう
ただの思い出にすぎないのだ
さらば
さらば　テンポイント
北の牧場には
きっと流れ星がよく似合うだろう

47歳の若さで、この世を去った寺山修司晩年の、感動的な作品である。今でも、この詩を読んで瞳を閉じると、あの時の鮮烈な映像が眼の奥に浮かんでくる。小雪が舞う厳冬の京都競馬場の冬枯れのターフで、痛みに堪えて必死に立ち続けようとする貴公子、テンポイントの姿が。

渋谷場外で払戻金を受け取り、並木橋からバスで三田キャンパスに向かう。第1号館地下の新聞部室には、数名の部員に交じってK大C派の最高幹部大山忠雄が、オルグで来ていた。結局、私は払戻金から1万円を、大山にカンパすることになった。先週、三島事件の臨時ニュースを報じた部室のラジオから、正午の時報が聞こえてくる。私の胃腸炎は何故かすっかり回復していたが、出前のチキンライスを頼む意志は、全くなかった。

第8章　三鷹発、快速西船橋行き

地下の和風喫茶で横山亜希子から受け取った三田会一一三号を、肩掛けのバッグに仕舞って、私は吉祥寺駅の2番ホームで「快速西船橋行き」に乗車した。大学卒業後まだ1年だが、中山競馬場にまで「競馬人生」を拡大していた。中野から地下に入った東西線は「落合駅」に停車する。私と同じ年に卒業した伊東ユリの、実家のあった場所だ。

2015年2月21日朝のテレビ番組『旅サラダ』に、宝塚出身の女優白羽ゆりが出演していた。初めて見た美人女優だが、老眼鏡を近視用のメガネに代えてよく見て驚いた。伊東ユリとそっくりなのだ。

大学卒業後、2年ほど過ぎたある日。新宿の紀伊国屋書店2階の売り場で偶然、伊東ユリに会った。大学4年の秋、K新部室にC派が乱入した「あの時」の前日以来だ。私の就職先など数分立ち話をした後、彼女には連れがいたのですぐに別れた。

物置代わりになっていた自宅2階の引出しに、古い写真は大切に保管してあった。机の左側の引出しは窓際なので、K新のバックナンバーなどは埃まみれになっていたが、右側の写真などの引出しの中は、比較的綺麗な状態だった。

その中から、伊東ユリの写真が見つかった。大学4年の夏に、新聞部室で私が撮った白黒の懐かしい写真だ。確かに、あの女優とよく似ている。2人とも、育ちの良さと気品が顔立ちと表情によく表れている。

落合駅を発車した東西線は「快速」だが、東陽町まで各駅に停車する。高田馬場、早稲田、神楽坂、飯田橋、そして九段下駅だ。

2011年3月11日。大震災の発生から1時間ほど過ぎた頃、私は立ち寄った桜上水駅近くのラーメン店で、テレビのニュースを見て驚愕した。天井が崩落して2人が死亡し、多くの人が重軽傷を負った「九段会館」の映像が映っていたのだ。全共闘時代に、C派の学生集会などで何回か訪れた場所である。重厚で強固な歴史的建築物だったので、私は事の重大性に、ようやく気付き始めていた。

K新の印刷を委託していた新聞社のある茅場町を過ぎ、東陽町から快速になった東西線は、南砂町駅を通過して地上に出る。地下の閉ざされた空間から解き放たれたように、8両編成の車両は荒川の最下流、葛西鉄橋を疾走する。私は「乗り鉄」ではないが、この風景にはいつも感動している。広い荒川の鉄橋上では、車両の轟音で風の音さえ聞こえてこない。眼の前には、埋立地に林立する高層マンション群が広がっている。

その日から5年後に、この荒川鉄橋で東西線車両が強風に煽られて、脱線転覆する事故が起こったことを、今でもよく覚えている。

葛西駅を通過し、浦安に停車した快速電車は、高架上を緩いカーブを描きながら西船橋駅に直進する。

競馬風の表現を許してもらえば、「そのまま、そのまま」である。

西船橋から中山競馬場まで私の速足で約20分だが、バスの便も多いので、その日はバスを選択した。満員にならないと発車しないのが腹立たしいが、体に蓄積した「エネルギー」は競馬場で爆発させればいいのだ。大声で発する、「そのまま、そのまま」である。

帰りはいつも、オケラ街道を歩いていた。5、6人の男たちが道路上に囲いを作り、早口で何か喋っている。ほとんどの男が「さくら」で、見張り役も配置している。「伝助賭博」は、オケラ街道の風物詩だ。

西船橋駅入口の階段下にある屋台で、コップ酒2杯とおでん。その日の自分を反省しながら、3杯飲むこともあった。人間は常に、反省が大切だ。今の日本の政界には「反省」が嫌いな人間が約1名いるが、それは第2部の後半で、詳述することにする。

東西線「快速三鷹行き」の座席を確保し、静かに瞳を閉じると、深い眠りはすぐに訪れる。帰りの車両では、葛西鉄橋の轟音も聞こえてこない。約1時間、眠りから覚めると辺りは真っ暗だ。吉祥寺駅は間近で、近鉄裏の赤いネオンの群れが、徐々に近づいてくる。

今年2月8日午後、東京競馬場で清水孝義と久しぶりに、待ち合わせをした。かつて40歳代の頃には、しばしば競馬場の来賓席で会っていた。競馬好きのベテラン教員Sさんが、年間所持している席だ。私が30歳代に勤務していた小学校の教員で、競馬で意気投合していた。残念ながら、彼が馬券を的中したのを、私は一度も記憶していない。私は競馬の名人として、崇拝されていた。清水孝義と他1名の女性が関わる、「あの事件」の日まで。

第2章で言及した清水孝義の妻からの、「問い合わせの電話」に連なる逸話だが、ここでもK新聞の編集長風に述べることにする。「私の小説のテーマとは無関係なので、割愛する」である。

土・日だけ営業しているバラック造りの飲み屋で、二人の昔ばなしが弾む。三田キャンパス地下の新聞部室での実体験を軸に、私が小説を書いていること、清水も「脇役」で作品に登場することは、すでに伝えていた。彼は、私のすぐれた記憶力に、改めて感心していた。府中本町から南武線で、武蔵溝の口駅経由で帰る清水を見送って私は京王線の府中駅から急ぎ、帰路に就いた。老老介護中の母親が自宅で、お腹を空かせて待っている。

私は「競馬人生」の当初から、東西線の「快速西船橋行き」で中山競馬場に通うのが常だった。自宅の調布から遠く、時間は掛かるが何故か、中山競馬場が好きだった。その後、1978年10月にJR武蔵野線が西船橋まで延伸開業し、競馬場直結の船橋法典駅を利用する機会も増えた。中山競馬開催時に、午前中のレース馬券を自宅から近い東京競馬場の場外発売で購入し、府中本町から武蔵野線で船橋法典に向かうのだ。東京の多摩東部から埼玉南部を回り、千葉県に至る路線で、かなりの遠回りだ。競馬風に表現すれば、中山の外回りコースを「大外一気」といったところか。

高架の西国分寺駅から国分寺崖線直下のトンネルに入り、新小平駅の掘割から再び地下を疾走し、新秋津の手前で地上に出る。埼玉県南部を高速で快走する武蔵野線は、実に爽快である。当時は駅間が広くて、スピード感が持続するのが特段、爽快だった。一方で、平坦な田園地帯を走るので、風の抵抗を受けやすい。強風でストップすることも、しばしばだ。府中本町駅から、関東平野南部の「大外を一気に」90分。確かに遠回りだが、私は船橋法典駅に着くと何故か、気合が溢れてくるのだ。

吉川英治の国民的小説『宮本武蔵』の一場面に、法典ヶ原の地名が登場する。その地名が、「船橋法典」駅の由来とされている。

自宅2階の物置部屋の書棚で、埃まみれだが整然と並んでいる井上光晴の全集・単行本の上に、20冊ほどの文芸雑誌がこれも埃にまみれて、雑然と積まれていた。濡れた雑巾で埃の飛散を防ぎながら、探索を始める。「海燕」「文藝」「群像」「文学界」「新潮」「すばる」——。

1986年1月発行の「海燕」新年号に、私が捜していた古井由吉の『中山坂』を見つけた。

「9月も最終土曜日の正午すぎ頃、総武線は下総中山駅の、発車間際の下り電車から若い女がホームへ駆け降りた。車内は学校帰りの生徒たちやもうひとつ先の西船橋まで行く競馬客やで込みあって――」で始まるこの作品を読んで、私の中山競馬場へのルートが、また一つ広がることになった。

特に帰り道、オケラ街道から西船橋へのルートは、すごく込むので、法華経寺の境内から下総中山駅へ抜ける道が私の常となった。１９X年、３月末のある土曜日、五重塔を左に観ながら、満開の桜並木を通り過ぎ、石畳の先にある「中山坂」の茶屋に立ち寄る。店頭の立ち飲みで、コップ酒２杯とお好みの串揚げ、これが実に美味しかった。また、この地域の名産「きぬかつぎ」の名前も味も、ここで初めて覚えた。

２０１５年3月7日土曜日、早朝。外は未だ暗いが、トタン屋根を打つ雨音が聞こえてくる。寒い朝だが、あの雨の日の中山競馬場の情景が浮かんできた。40年以上前の情景だろうか。急いで起きて、パソコンを開いた。隣の部屋から、母親の不規則ないびきの音が、間を置いて聞こえてくる。

当時の中山競馬場には、4階の自由席があった。1コーナー寄りでレースは観にくいが、馬券は買いやすい。

なつかしい人々　なつかしい風景――

不良馬場のターフでは、騎手の技量がレースの結果を、大きく左右する。「郷原洋行」「増沢末夫」。この日、この二人の騎手で、払い戻し窓口に5回並ぶことができた。正確に言うと、並んではいない。当時の払い戻し窓口は、手払い・現金払いだった。10万円以上の払い戻しは別の窓口なので、並ぶ必要はなかったのだ。10万円以上が、5回だ。当たった日は、寄り道はしない。オケラ街道ではなく、県道の真ん中を歩いた。歩道も車道も渋滞しているので、分離帯のない県道の中央を歩くのだ。数分で、千人以上、ゴボウ抜きした。40年ほど前、「奈落」への道を、私が歩き始めた頃の話だ。

中山競馬場に最後に赴いたのは、20年くらい前だったかも知れない。調布駅から、都営新宿線直通の急行「本八幡行き」に乗るのが、最も速い。京成線に乗り換え、東中山駅に行くのが最短だが、歩くコースに全く風情がない。私はいつも、京成中山で下車した。近い将来、京成中山駅か下総中山駅から中山法華経寺境内の茶屋を再訪してみたい。そこには、「懐かしい風景」があるだろう。名物の「きぬかつぎ」も、懐かしい。

三鷹発「快速西船橋行き」の道程で、本格的に始まった私の「競馬人生」は、未だ進行形のままである。「奈落」への道程も、未だ道半ばである。

この数年は、老老介護の傍ら、自宅のパソコンで「投票」して、グリーンチャンネルを観ていることが多い。だが、テレビの前で時たま、「そのまま、そのまま」と叫んでいる自分を、発見することがある。

第9章　時代は廻り、昭和から平成に

1966年6月、昭和41年春のことである。

台風4号による大雨で野川が氾濫し、大洪水となった。当時高校2年だった私は、京王線布田駅からの帰路、氾濫した野川を渡れず、苦労したことを記憶している。「榎橋」も「一の橋」も水没して見えない。少し下流の「大橋」を、消防団員が張ったロープを伝い腰まで水に浸かって、やっと渡ることができた。

ようやく辿り着いた自宅には、床下まで水が迫っていた。居間を兼ねた食卓のテーブルに座布団を敷いて、母が祖母を「正座」させていた。床上浸水に備えての、緊急対応だ。90歳に近い祖母は、「父」の母親だ。母が20歳で嫁入りした当時、大連の実家で「可愛がって」くれたそうだ。米国の大学の研究所に勤務している父は、野川の氾濫のことを、知る術はない。自宅前の水田をまるで川のように激流が流れて行く。床上まで浸水している家屋も多い。

水位はさらに上がり、玄関の中まで水が入ってきた。靴やサンダルを片付けていると、玄関下の水抜きの小さな穴から、ヤマカガシが侵入してきた。体長50センチくらいで、赤褐色の小型ヘビだ。青大将と違い、動きが速く「有毒」である。水没した水田から避難してきたようだが、玄関を開けて長い傘で追い払った。

時代は廻り、その日から5年が過ぎた。幅が狭く曲がりくねっていた野川は、美濃部都知事の時代に大改修を終えて、広くて真っ直ぐな流れに変わっていた。自宅前の水田は畑に変わり、近所に戸建の住宅も増えている。自宅には1匹の雌ネコが住み着き、毎年出産して5匹になっていた。

1971年春。私は大学4年になり、K大新聞の編集長として、多忙な日々を送っていた。週末のある日、自宅の庭では5匹のネコがそれぞれの場所で寛いでいたが、1匹の雌ネコが細い線状の物体を咥えて、私に見せに来た。よく見ると、ヤマカガシだった。顔の小さな雌「シロ」は美味しそうに食べ始め、跡形も残さなかった。

あの大洪水の日に、玄関内に侵入したヤマカガシと同じ物体なのか、調べる術もない。

ここで、第2部のキーワード「競馬人生」と「中山競馬場」に回帰する。

都内の河川は基本的には、多摩川水系と荒川水系に集約することができる。自宅近くの野川など多摩川水系については、私の日常と深く係わっている。一方で、荒川水系は中山競馬場へ通じる鉄道の各路線と、深く係わっている。荒川最下流の葛西鉄橋と「快速西船橋行き」については、前章で述べた通りだ。

久しぶりに乗った総武線各駅停車の「西船橋」行き。浅草橋を発車するとすぐ、隅田川の鉄橋だ。赤羽の岩淵水門で本流から分岐する荒川の支川だ。厳密に言えば、元の荒川だ。ここから見る東京スカイツリーの風景が素晴らしい。

両国から錦糸町、亀戸、平井と、藤圭子の「はしご酒」の世界が続いて行く。横十間川や旧中川など、各駅停車の車窓から観る中・小河川の風景が懐かしい。そして、平井を過ぎると、大河「荒川」の広大な河川敷が目の前に広がる。東西線葛西鉄橋の上流だ。東京の下町を洪水から守るため開削した人口河川で、かつては荒川放水路と呼ばれていた。

新小岩、小岩を経て江戸川を渡ると、千葉県に入り、市川駅だ。私の「競馬人生」の一つの入口、下総中山駅は2駅目だ。江戸川は放水路を兼ねた、「利根川」の支川である。

利根川上流部の支川「吾妻川」は、私の心の故郷、「源流」だ。付け替え工事が終わり、廃線となった吾妻線の八ッ場鉄橋で昨秋、テレビ朝日「報道ステーション」の現地中継があった。予期していなかったので、驚いた。この小説の第3章で述べた、廃駅となる川原湯温泉駅近くの撮影スポットからだ。ライトアップされた紅葉を背景に、キャスターの古舘伊知郎、小川彩佳アナに加えて、古賀茂明氏が登場したので、また驚いた。本年2月、「イスラム国」の人質事件を巡って古賀氏が、安倍首相を激しく批判したのは周知のとおりだ。「誰かが声を上げて『これはおかしい』と言わなければ、太平洋戦争と同じ状況になってしまう」と言う古賀氏に拍手を送っている人々は、少なくないと思う。

従軍慰安婦問題を巡る朝日バッシング、国会答弁で「朝日新聞は安倍内閣打倒を社是にしている」と言い切った安倍首相の恫喝に、テレビ朝日の幹部は、すっかり萎縮してしまった。3月いっぱいで古賀氏の「降板」が決まったようだ。

同じ「報道ステーション」で、村山元首相自身の「談話」を巡る逸話を報じた直後に、古舘キャスターが「村山談話に反対の意見も同時に、報じるべきでした」と反省の弁を述べていた。全く、意味不明だ。まさか、テレビ朝日が「櫻井よしこ」や「森本敏」を、コメンテーターに迎えることはないと思うが。

村山氏は「逸話」の中で、当時閣僚の一人だった橋本龍太郎元総理が、「終戦」ではなく「敗戦」に統一すべきだと助言した話を紹介している。橋本氏は当時、日本遺族会の会長も務めていた。巨大与党にも、かつては「識者」はいたのだと再認識した次第である。

八ッ場ダムの是非について、ここで論じる意図はないが、付け替え後の吾妻線はトンネル部分が長くて、車窓から吾妻渓谷を観ることはできない。自称「写真家」として、撮影スポットが消滅したのは寂しい。私の心の故郷、「源流」吾妻川は、過去の思い出となってしまった。

季節は巡り、桜の便りが聞こえてくる。

私は野川の「源流」を目指して、再び歩き始めた。開花したばかりの桜並木を抜けて、御塔坂橋へ続く緩やかな坂道を、速歩で一気に上って行く。昨年の今頃は、痛風の発作で大きく腫れた左足の親指を庇いながら、杖を突いてやっと上った坂道だ。

天文台通りを渡り、色づき始めた国分寺崖線の緑を右手に観ながら、「御狩野橋」手前の「相曽浦橋」まで自宅から30分。脚力の衰えはないが、息は少し乱れている。旧「人見街道」の坂下で、はけの湧水を利用した大沢の「ワサビ畑」は、従前と変わらない。

新緑が揺れる柳の下を通り過ぎ、野川公園から武蔵野公園へ。洪水対策の「調整池」から「はけの道」に入り、「美術の森」の竹林のはけの小路を上ると、連雀通りだ。馴染みのそば店で小休止。ここまで、60分。かつては、武蔵小金井駅まで50分で歩いたこともあった。そば焼酎と肴で一息入れて、駅の改札に直行する。この日は、野川の「源流」行きは断念した。私の「源流」への探索の旅は昭和から平成へ、未だ進行形のままである。

快速東京行きの窓から、小金井街道沿いのカラオケ店の店頭広告が眼に入った。

第10章　一人、カラオケで

3月も半ばを過ぎた日の午後、近年よく利用する荻窪駅近くの日帰り入浴施設で汗を流して、隣の駅西荻窪で下車。時間調整のため「一人カラオケ」に挑戦することにした。

午後3時、駅の改札からすぐのカラオケ店に入店。受付でシステムを聞き、1時間1人とシートに書き、エレベーターで3階の個室へ直行。ワンドリンク制で頼んだウーロンハイがすぐに届いた。機器の操作に戸惑ったが、1曲目には中島みゆきの「時代」を選択した。

――そんな時代もあったねと　いつか話せる日がくるわ――

私が今、書いている小説の「メインテーマ」そのものなので、1曲目に歌いたかった。パソコンのインターネットで、最近よく聴いているので、曲のイメージは頭に入っている。

――あんな時代もあったねと　きっと笑って話せるわ――

3月14日、北陸新幹線が開通した。

私が大学4年の夏、K新の部員で文学部3年の中山光雄と北陸の旅をした。中山の実家福井市で合流し、金沢や能登半島を2日で回った。45年前のことなので、全部は覚えていないが、何故か「兼六園」での逸話は、はっきり記憶している。園内の池の片隅でお腹を空かせて泣いている子猫に、「蝉」を獲って与えたことだ。たしか、3匹だったと思うが、美味しそうに食べてくれた。その後、池の金魚の捕獲を試みたが結局、断念した。

当時、小冊子「72年K大入試のために」を校了し、8月10日に初版を発行した後、束の間の小旅行だった。

旅の土産で買った輪島塗のブローチを、渋谷の東急文化会館の隣にあった「喫茶フランセ」の3階で、冊子の編集に携わった伊東ユリにプレゼントした。彼女の美しい笑顔が、印象的だった。

自宅2階の右側の引出しで、伊東ユリの写真と同じ「時代」の写真が見つかった。中山光雄と私が写った、福井県東尋坊での一枚だった。「北陸の旅」の一ページだが、私は何故か上半身ハダカで、短パン姿の風体だ。当時は、かなり細身の「イケメン」だった。

中山光雄は卒業後、都立高校で教員を務めて、今も非常勤で週4日勤務している。元旦に受け取った賀状に、そう記してあった。

第1章で、「K大入試のために」の編集後記について紹介したが、(ユリ)の次には、(信夫)が次のように書いていた。

官僚編集長と日和見会員の多いわが新聞会に嫌悪を感じながら、仕事に励んだ私。虚しさと儚さの渦巻く現実から、逃避しようとしても、すぐに引きずり戻されてしまう。あせるな！　いつか泥沼からはい出せる日が、きっとくる。今日も、乱酔と自慰の世界が私を誘う。支離滅裂で――。

信夫は今、島根県のM市役所で「局長級」で勤務している。昨年12月に、武蔵小杉の飲み屋で会った時に聞いて、驚いた。全国の担当局長の集まりで、東京に来ていたのだ。清水孝義、信夫と私の3人は、年に1回ほど会って、あの時代の「懐かしい風景」を酒の肴にしている。

――旅を続ける人々は――たとえ今夜は倒れても　きっと信じてドアを出る――

全共闘世代、同じ「時代」の人々は思い出すだろう。大切な家族を残して、きっと信じてドアを出た「その日」のことを。中島みゆきの「世情」の「シュプレヒコール」が、何故か聞こえてくる。

先日、新宿ピカデリーの9階で、聴いたばかりだ。中島みゆきの『縁会2012～3劇場版』を観ながら。

2曲目には、アリスの「遠くで汽笛を聞きながら」を選択した。大声で歌うのは、実に心地いい。

何もいいことが　なかったこの街で――という詞の部分が、私は好きだ。

この曲を私が初めて聴いたのは、大宮ソニックシティ大ホールだった。「谷村新司コンサート」の会場だ。自称、谷村新司「追っかけ」の沖田美千代と一緒だ。当初、彼女は妹と行く予定だったが妹が風邪になり急遽、私が誘われたのだ。新宿駅南口のコンコースで待ち合わせ、埼京線で大宮に向かった。

開始まで時間に余裕があったので、大宮駅近くの飲み屋で、しばし談笑した。彼女とは、村上龍の小説『トパーズ』の世界で出会い、親しくなっていた。お酒も話も好きな、20代後半の髪の長い女性だ。もちろん美人だ。私はたしか、40代の前半だったと記憶している。私は何時も、「物知りですね」と言われていた。

新宿駅南口に近いマンションに、その「店舗」はあった。2階のワンルームで受付をして、9階の部屋に移動するシステムだ。50歳くらいの男性が一人で「営業」する、小規模な「ヘルス」だった。

沖田美千代とは、当初彼女が10代後半の時に、その店舗で出会った。その後、一時辞めていたが5、6年後に同じ店舗で再会した。イベント関連の仕事をしながら、福祉系の専門学校に通い、臨床心理士を目指していると聞いた。

当時は、アリスには余り関心はなかったのだが、彼女が好きな「遠くで汽笛を聞きながら」を、私も気に入った。その日は帰路、田園都市線で自宅に帰る彼女を、渋谷で見送った。

後日、武蔵溝の口の国道246近くにあるスナックで、初めてこの曲に挑戦した。「下手くそ」と言われたが、酔った彼女は私の膝の上ではしゃいでいた。

今では、私の十八番で、カラオケで必ず歌う一曲だ。

——悩み続けた日々が　まるで嘘のように——暮らして行こう　遠くで汽笛を聞きながら——。まさに、名曲だ。何時も、自分の歌に感動しながら続ける。「何もいいことがなかったこの街で」——。

一人カラオケは、実に楽しい。老後の楽しみを今、発見した気分だ。誰にも邪魔されずに、大声で何曲でも歌うことができる。カラオケ健康法の言葉があるように、ダイエットにも最適だ。

次に、沢田研二の「時の過ぎゆくままに」を選択した。私が大学2年の12月に起きた、あの「3億円事件」を題材にしたテレビドラマの主題歌だ。主題歌を歌う沢田研二が、主役を演じている。この曲を巡っての「楽しい」逸話がある。

2年前の12月、64歳の私は嘱託で勤務していた。職場の忘年会の2次会は、カラオケが定番だ。男女合わせて10人くらい、参加していた。私は2次会には滅多に参加しないのだが、この日は大声で歌いたい気分だった。人数が多いので、なかなか順番が回ってこない。女性2人は上手だったが、下手な男の歌を聞かされるのは苦痛だ。やっと私の順番になり、この日選択した「時の過ぎゆくままに」の前奏が流れると、「これは僕の曲だ」と言って、別のマイクで勝手に歌い始める男がいた。Kという、40代の体育系「指導主事」だ。イケメン俳優Yから知性を排除した風体の、体格のいい男である。

——堕ちてゆくのも　しあわせだよと——「勝手にしやがれ」である。

6年前に、新宿の靖国通り沿いにある高級カラオケ店で、「二人カラオケ」を何回か体験した。4階のＶＩＰルームで、大出祥子と一緒に。二人カラオケだが、「歌」はなしだ。ゴージャスな部屋での、写真撮影会である。もちろん、お酒と料理付きだ。当時の私は、「写真」に傾倒していた。風景写真に加えて、人物の撮影にも取り組んでいた。大出祥子には私の「専属モデル」として、多くの撮影会に参加してもらった。ＶＩＰルームでの撮影を皮切りに、近くの新宿ゴールデン街、花園神社、新宿御苑などで撮影を行い、数多くの傑作を残すことができた。

アイドルタレントを少し知的にした感じの風貌と、十頭身の女優にも負けない小顔の祥子は、写真映りも素晴らしかった。ゴールデン街の片隅にあるゴミ集積場で、夜間に撮った「分別してー」の1枚。晩秋の新宿御苑の、桜園のベンチで撮った「晩秋日誌」の1枚。花園神社入り口の階段で雨の夜、彼女が傘を差してポーズを取った「雨に咲く」の1枚等々は、自称「写真家」である私の代表作品に挙げることができる。

なお、唐十郎が主宰した「状況劇場」のテントがかつて花園神社境内にあったことを、彼女は知る由もない。

大出祥子とは今でも「メル友」で、年に2、3回会っている。新宿の思い出横丁を夜2人で歩いていると、若者グループの複数の男子が振り返るのもしばしばだ。タレントと、付き人。写真家と、モデル。2人が「お友達」だと思う輩は、1人もいない。

彼女と最初に出会ったのは、歌舞伎町の『トパーズ』の世界である。少し過激な、キャバクラ風の店舗だ。真面目な「お嬢様」に見える祥子は、「何時までもいい娘でいるのに、疲れちゃった」からと、入店の経緯を話していた。この店は、1年も経たずに当局の摘発に遭い、閉店になってしまった。私と祥子は偶然、高級カラオケ店のVIPルームで「二人カラオケ」中だったので、巻き添えを食わずに済んだ。

一人カラオケに戻る前に、『トパーズ』の「あとがき」の一部を、勝手に抜粋して、紹介しておく。

——彼女達は、必死になって何かを捜している。——私は、彼女達が捜しているものが、人類に不可欠でいずれそれは希望に変化するものだと、信じている。都市を生きる彼女達が、これからも勇気を持って、戦い続けていくことを。――

また、埃を拭いて三省堂書店のブックカバーを外すと、帯紙に意外な名前を発見した。瀬戸内晴美と、松任谷由美の2人である。

当時はまだ「晴美」の名で、瀬戸内は「――悪徳の海に溺れかけている少女たちの何と無垢で愛らしいことか。――龍はサドか、バタイユに挑もうとしている」と評している。松任谷は「――村上龍の今までの作品は大方読んでいたことに気づいた。そして彼が見た女性達の少女性にふれると、私はなんだか奮い立ってしまう」と評していた。

一人カラオケで松任谷由美の名曲「卒業写真」を、情感を込めて歌った後、久し振りに森進一の「港町ブルース」を選択した。

私が大学時代、三田キャンパス地下のK新部室で、古いラジオから流れていた大ヒット曲だ。ロック好きの横山亜希子に「民族派」と揶揄されていた私の、懐かしい「歌謡曲」だ。

4年前の3・11の当日、自宅に辿り着いた私は岩手県宮古市の海岸線を一気に乗り越える大津波の映像を観て、言葉では表せない衝撃を受けた。その時すぐに、私の脳裏を過ったのが、「港町ブルース」の2番である。

流す涙で割る酒は　だました男の味がする
あなたの影を　引きずりながら
港、宮古　釜石　気仙沼

大津波が襲った三陸海岸、岩手県と宮城県の主要都市、そのものである。

この歌詞を捕作した、なかにし礼氏の作品群については枚挙に暇がない。その中で、私自身が歌謡曲に傾倒していた1969年の「人形の家」と「恋の奴隷」の2作品、1975年の「石狩挽歌」が特に好きだ。また、なかにし氏は自身の母親を主人公にした自伝的小説『赤い月』を発表し、後に映画化されている。旧満州の最奥部「牡丹江」から引き揚げる過程で、家族と共に何度も死に遭遇しながら、強く生きる母親の生き様が印象的だった。また、熱演した主演女優常盤貴子が美しかった。

なかにし礼氏は戦後70年を前に、新聞のインタビューに答えて、安倍首相のように戦争を知らない世代が「歴史を修正する」絶望の時代を憂えて、「戦争経験者として、抵抗のため書き続ける」と語っている。

その後、ガンの再発が報じられたが、「先達」なかにし礼氏の一日も早い回復を、心から祈りたい。

午後4時、カラオケ店の清算を終えて、駅南口の馴染みの飲み屋に直行する。3年ほど前から、よく立ち寄るカウンターだけの店だ。短時間、一人で飲む常連客がほとんどだ。午後4時開店で、5時を過ぎると満席になる。アホな若者が騒ぐ店ではなく、中年以上の杉並文化人が静かに飲む店だ。文庫本を読みながら飲む客もいる。スマホをいじっている客は稀だ。灰皿はたくさん置いてあるが、タバコを吹かす迷惑な客は少ない。私は小説の構想を練りながら約40分、飲んで食べて「ご馳走さん」で帰るのが常だ。

自宅では、母親がお腹を空かせて待っている。飲み屋を出てすぐ、西荻窪駅から二駅。三鷹の駅ナカのクイーンズ伊勢丹と米八で、「惣菜と弁当」を買って急いでタクシー乗り場へ。三鷹通りを「直線一気」「そのまま、そのまま」で、飲み屋から30分弱。17時30分に、自宅に「一番で」ゴールした。

第11章　三たび国策を、ちまちまと

歴史に刻む名演説と語録で、自国の戦争犯罪に真摯に向き合ったドイツのワイツゼッカー元大統領が1月末に、94歳で逝去した。

——過去に目を閉ざす者は、現在にも盲目となる。我々は若かろうが年をとっていようが、みな過去を受け入れなければならない。（1985年・戦後40年の連邦議会演説）

——ナショナリストは他人を憎む者、愛国者は自国を愛するとともに隣人の愛国心を理解し敬意を払う者のことだ。（1986年・独テレビ局のインタビュー）

——日本が近隣諸国と友好的な関係を持ち、過去を無視しないことがこの地域の平和と安定に寄与する。（1995年・村山首相との会談）

安倍首相の戦後70周年談話を巡って、国の内外で論議が盛んだ。

2月24日、韓国の国連大使は「歴史の教訓を無視しようとする試みは、国連憲章の価値に対する挑戦となり得る」と述べた。全くその通りである。

戦後70年談話を検討する「有識者」懇談会が2月25日に開かれ、その議事要旨が公表された。懇談会の座長代理を務める北岡伸一氏は、周知のように安倍首相の「お友達」である。実質的に、懇談会を取り仕切る意向のようだ。3月3日の日経新聞電子版で、編集委員の清水真人氏は、安倍首相流有識者会議は「三たび小道具か」と論じている。

いつの時代にも、本当の「識者」は必ずいると信じたい。

安倍首相は三たび、「国策を誤る」心算か。

NHKの連続テレビ小説『マッサン』も、終盤だ。森野一馬の出征の場面が、涙を誘う。

満開の梅の花が散り始めている庭では、ヒヨドリのピーコが餌場の周りで前日の餌の残りを漁って、首を傾げている。ちょっと待ってくれ。『マッサン』が終わってからだ。

——教え子を再び、「戦場に送るな」——。

日教組のスローガンである。今は勢力が小さくなったが、60年安保当時まで、国内の反戦闘争で日教組が果たした役割は大きい。

日教組が大嫌いな安倍首相は、国会の委員会で野党の若手議員の政治資金関連の質問中に、的外れな野次を飛ばした。日教組が国の補助金受給団体とは、右翼の街宣車以下の低レベルな野次だ。右翼の街宣車は今ではあまり見かけなくなったが、ヘイトスピーチ団体に転身したのだろうか。

安倍首相は国会答弁で、「国策を誤り」「侵略と植民地支配」という村山談話のキーワードを、「ちまちましたこと」と言い切った。

これは実に、「迷言」だ。気に入った。私のボキャブラリーに加えて、この章で使いたくなった。

日本の歴代総理大臣の中で、安倍首相のように「ちまちました」人間はいただろうか。高校の生徒会長並みの野田佳彦と、A級戦犯の岸信介、その弟の佐藤栄作は論外だが、他の首相は皆、それなりの人物だったと思う。岸信介、佐藤栄作、そして安倍首相。「長州」出身の華麗なる一族の3人で「三たび」国策を、ちまちまと——。

総理大臣経験者ではないが、安倍首相の父・安倍晋太郎について、元官房長官の武村正義氏は、「人の声によく耳を傾ける、温厚な人格者だった」と評している。かつて「安倍派」に属していた武村氏が「聞く耳を持たない」「反省をしない」安倍首相を、政界の先輩の立場でやんわりと諭した「時事放談」での発言だ。細川内閣で官房長官を務めた武村氏は、その後「自社さ」の村山連立政権の成立に奔走し、「村山談話」への道筋を開いた「先達」の一人である。

歴代総理の歴史的な「名言」も多く残るが、福田赳夫氏の「人の命は、地球より重い」は、まさに名言だ。周知のように、1977年の「ダッカ事件」で、「超法規的措置」を実行した際の発言である。

その「事件」の関係者、城崎勉が米国での刑期を終えて38年振りに帰国、その場で逮捕された。全共闘時代終期に起きた日本赤軍の「事件」について、ここでは言及しないが、重信房子の娘、重信メイさんの言葉を再度、紹介しておく。

立場や時代によって歴史の見方は異なる。母たちのとった手法は間違っていたが、弱者の側に立つという考え方は間違っていなかった――。

日本赤軍と連合赤軍――。

２００８年に公開された若松孝二監督の『実録・連合赤軍　あさま山荘への道程』を、新宿の映画館で公開初日に観た。３時間の大作だが、満員の観客は誰も微動だにしなかった。私の日本映画ベストテンに加えたい、若松孝二の最高傑作と言える。

重信房子と明治大学で活動を共にしていた遠山美枝子が、この映画の主人公だが、ちょっとだけ登場する元Ｋ大生Ｓ君に、私は会ったことがある。私が大学３年の春、日吉のＫ新部室で入会希望者の１人として、編集長の私が面談したのだ。政治学科１年の彼は結局、入会しなかったが、その後キャンパス内の学生集会で、白ヘルメット姿で見かけたことがあった。

連合赤軍の一連の「総括」事件は思い出したくもないし、ここでは言及しないが、志半ばで無念の死を強いられた遠山美枝子さんら12人には、心から哀悼の意を表したい。

井上光晴編集の季刊誌「辺境」１９８６年秋号で、「瀬戸内寂聴・永田洋子＝往復書簡」を見つけた。興味深い内容だが、今は時間に余裕がない。後日、読み熟すことにする。

死刑囚坂口弘が、獄中から「朝日歌壇」にしばしば投稿していたこと、「超法規的措置」により、国外に脱出する機会があったにも拘らず、獄中に留まったことは、周知のとおりである。坂東國男が今、何処にいるのか、知る由はない。坂東が逮捕され裁判が終わるまで、坂口弘の死刑執行はない、というのが定説のようだ。

一つだけ明らかなのは、この事件で一つの時代、全共闘時代が確実に終わりを告げたことである。

歴代首相の新たな「名言」が、「ニュース」で報じられた。鳩山由紀夫氏は訪問中のクリミアで「日本国民は、誤った情報により洗脳されている」と発言した。これは文字通り、「名言」である。安倍首相の「お友達」一番を競っている菅官房長官は、「論評に値しない」と述べた。下村文部科学大臣、塩崎厚生労働大臣と一番を争っているそうだが、大丈夫、菅長官が一番だ。安倍首相の秘書課長クラスだが、沖縄県民の圧倒的多数の支持で選ばれた翁長知事を「門前払い」する「ちまちました」人格を、安倍首相は高く評価している。

再び、問う。安倍首相は三たび、国策を誤る心算か。

選挙の投票率を「換算」すると、4割未満の国民の支持で、国会の8割以上の議席を占めている巨大与党。数は多いが、人材はいない。自称「普通のおばちゃん」レベルの人間が、巨大与党の政調会長なのだ。安倍首相の忠実な「秘書係長」稲田朋美は、「東京裁判は法律的に疑問」と述べた。稲田「係長」に問いたい。「張作霖爆殺」は、合法的なのか。「満州事変」は、合法的なのか。「木を見て森を見ず」という諺を、知っているか。

稲田氏は、天皇陛下が新年に当たって述べた「感想」を読んでいるのか。「感想」の後半部分を、一部だけ引用する。

――満州事変に始まるこの戦争の歴史から十分に学び、今後の日本のあり方を考えることが、今、極めて大切だと考えています――。

「安倍首相の演説を聴いていると、まさに神の声のようだった」と語った稲田氏には、天皇の「感想」を聞く耳はないだろう。また、安倍首相は「稲田はまるで、ジャンヌダルクだ」と褒めている。農協「改革」を巡っての発言だが、「稲田は、東洋の魔女だ」と言い換えるのが正当だと、私は思う。否、これでは東京オリンピックの、女子バレー金メダリストに失礼だ。稲田はやはり、「普通のおばちゃん」だ。

ネオナチシンパの「どや顔」とヘイトスピーチ、そして「普通のおばちゃん」――。巨大与党には、安倍首相への忠誠心を競うだけの人材しかいないのか。その中で、「八紘一宇は大切な価値観」という三原じゅん子議員の発言が飛び出した。参議院の委員会でのことだ。「金八先生」から、教わった訳ではあるまい。念のために、「大辞林」で確かめてみた。「第二次大戦中、大東亜共栄圏の建設を意味し、日本の海外侵略を正当化するスローガンとして用いられた」と書いてあった。

三原氏が言葉の真の意味を理解していたのか、誰かに「洗脳」されたのか定かではない。ただ、明らかなのは、安倍首相と安倍首相を神と崇める稲田氏が、大東亜共栄圏建設の淡い夢を、未だに懐いていることだ。「積極的外交主義」なるものは、銃剣を札片に置き換えただけの、「大東亜共栄圏建設の夢」そのものだと、私は理解している。三原氏が、尊敬する稲田政調会長に「洗脳」されたのは、想像に難くない。

3月22日の朝、TBSの「サンデーモーニング」で、私の大学の先輩、岸井成格氏も「誰かに言わされたのでは」と述べている。「識者」は、必ずいるものだ。なお、あの「大勲位」中曽根康弘元首相も、かつて国会で「戦争前は八紘一宇ということで、日本は独善性を持った、日本だけが例外の国になり得ると思っていた。それが失敗のもとであった」と述べている。

なんで日本人は、あんなに威張っていたのでしょうか。自分たちが「東洋の盟主」なんだと、勘違いしていたのでしょうか——。

昨年9月に、94歳で亡くなった山口淑子さんの、心に刻む証言の一節である。

戦中の過酷な体験と戦争の悲惨さを語り続け、抵抗のため書き続けるなかにし礼さん。かつて戦争に加担したジャーナリズムの反省から、言論の多様性が重要だと語り続ける半藤一利さん。私たちの世代は、「先達」の言葉一つひとつを真摯に受け止め、未来の世代に受け継がねばならない。

また「先達」の一人、元沖縄県知事の大田昌秀氏は朝日新聞紙上で、国内で唯一地上戦が行われた沖縄の「戦場で多くの学友らの死を目にしました。私は——生き残ったことに意味があるとすれば、学友を死に追いやった戦争に反対し続けることです——」と語っている。大田氏はまた、次のように続けている。

——沖縄を二度と戦場にさせないこと、いかに戦争を防ぐかを考えること。それが私の生きる意味だと思っています——。


沖縄県の翁長雄志知事は3月23日、辺野古への移設関連作業の1週間以内の停止を指示し、従わない場合は岩礁破砕許可を取り消す意向も表明した。沖縄県民の「民意」を代表した、県知事の重大な決断だ。菅官房長官は、「我が国は『法治国家』だ、甚だ遺憾だ」と反論している。

菅官房長官に問う。「法治」の基本法規は何か。日本国憲法ではないのか。日本国憲法の基本理念は何か。「国民主権」ではないのか。「国家主権」でないことは、中学生でも知っている。沖縄県民の「民意」を無視し続けた、当然の帰結である。

この件に関連して、在日米軍基地に詳しいアメリカの「権威」の一人は、「いったん作業を停止して、国は沖縄と話し合いの場を持つべきだ」と言及している。アメリカにも、少数ながら「識者」はいるのだ。

終の章　残滓を再び、炎に変えて

第一部の終章＝第5章で、私は次のように述べた。

黄昏の全共闘世代が再び、その残滓を炎に変えて声を上げる「その時」は、いつ来るのだろうか――。

林修先生に問うまでもない。答えは一つしかない。「今」である。

3月9日、月曜日。M銀行調布北支店の行員天里知美さんと、預金の更新手続きの約束をしていた日だが、2月に立川南支店に転勤したとの「手紙」をすでに受け取っている。

私がこの小説を書き始めるきっかけを作ってくれた天里さんを、表敬訪問したいのだが、いい報告を携えて訪問したい。彼女の「父親」名が載っている「三田会一一三」号に加えて、「文学賞」受賞の報告をしたいのだが。その日まで、「訪問」を延期しよう。また、7月には元「テラー」の花咲舞さんに、テレビで再会できる。今からその日が待ち遠しい。

1時間ほど朝寝をして、テレビを点けると、正午のNHKニュースで、悲しい映像が流れた。先週6日、埼玉県川島町の荒川支川・越辺川で、ボウガンの矢を射られ、東松山の動物病院で治療中だったコハクチョウが、死亡したのだ。この事件とは直接関連しないが「ボウガン」という言葉にリンクして何故か、私の文学的な思考回路に、安部公房の『方舟さくら丸』の1シーンが浮かんでいた。

動物を虐待する人間を、許すことはできない。このような事件はあとを絶たないが、動物を虐待する人間は、弱い人を虐める人間にリンクすることが多い。ネコを虐待していた女子高生が、同級生を殺した佐世保の事件は記憶に新しい。

犯人は見つかっていないが、モラルのないアホな若者の仕業だろう。電車のシルバーシートを占有し、大股を広げてスマホに熱中するアホな男子。歩きスマホに、自転車スマホまでいる。自転車で狭い歩道を疾走し、「老人」に接触して謝りもしないアホな女子。老人とは、私のことだ。

今の日本の世情、首相が「ちまちま」していると、モラルのないアホな若者が増えるのか。これは、論理的な文章を心掛ける私としては、論理が飛躍しすぎたか。激しい怒りは時として、論理を超えてしまうようだ。思考経路が全く理解できない、NHKの籾井会長とは違うのだが。

自宅の庭に眼を移すと、枯れて造花のようになったアジサイが、大きく揺れている。その下にある餌場では、ヒヨドリが再び、頭部を傾げている。9時前に出したバナナが全てなくなっている。母親の三度の食事と、朝・夕の「薬」の準備。また、ヒヨドリへの餌やり。日常のルーティンワークは止まることはない。執筆を中断するのも、しばしばだ。

コハクチョウのニュース映像を観ていて、私が撮ったハクチョウの写真を思い出した。自宅の玄関の片隅で、雑然と積まれている「写真パネル」を発見した。

2006年1月6日。この冬の厳しい寒さで、杉並区の善福寺池に初めてハクチョウが飛来したニュースを、夕方のテレビで観た。翌日、プロ並みの「写真家」を自称していた私は、午後3時から職場で時間休暇を取り勇躍、善福寺池に向かった。吉祥寺駅から北へ真っ直ぐ、速歩で15分。黄昏の善福寺池で、ハクチョウ6羽との出会いは感動的であった。自宅近くの野川で、ダイサギ・アオサギ・カワウなど大型野鳥の写真は撮っていたが、ハクチョウの迫力は圧倒的だ。夕暮れの水面で、オナガガモの群れの中に凛と立つハクチョウを、活写することができた。撮影の帰りに寄った吉祥寺の行き付けの小料理屋に、後日提供して約8年間展示していた「写真パネル」がそれだ。

大学新聞の元編集長として、文章を書くことを常にしてきた私だが、40歳を過ぎて「文学」への道を一時中断し、「写真家」への転身を試みていた。小さい写真コンクールでは、何度も賞を獲ったが、大きい写真賞は厳しかった。写真はその「瞬間」の芸術であり選者の主観に大きく左右される。文学は「総合的」な芸術なので、選者の客観的評価が可能なはずだ。

私は66歳になる手前で再び、「文学」への道を歩き始めていた。本来なら、井上光晴の『小説入門』や他の作品を再読して、「充電」してから書き始めるのが筋だが、「文学賞」の締切日へのプレッシャーと日常のルーティンワークの多さにより、全く自己流で書き始めた。S文学賞の「既成の文学観にとらわれず、混迷した現代を打つ力作・秀作」を目指して。

季節は巡り、4年目の3・11の前日となった。日本テレビの「NEWS　ZERO」で、キャスターの桐谷美玲は震災の記憶を風化させない東北の高校生の取り組みを報じている。また、東京大空襲70周年に当たるこの日、TBSのテレビ特集番組では、高尾の湯の花トンネルの惨劇をドラマ風に再現している。3月のこの時期咲き始める高尾梅郷の近くがその現場で、私も写真撮影で訪れたことがある。

この日、小泉純一郎と細川護煕は新聞の全面広告で「3・11から学ぶべきこと——それは、命の大切さと自然の持つ巨大な力。だから、原発は要らない。もっと資金と人材を自然エネルギーに注いで、新しい日本をつくりましょう」と訴えた。ドイツのメルケル首相は、福島第一原発の事故を直視し、国内の原発を全て廃止することを決意した。そして、小泉ジュニアはいつ、父親に合流して安倍首相に反旗を翻すのか。待っていても、何も始まらない。林修先生に、今すぐ聞いてみたまえ。

2011年3月11日、午後。当時、私は再任用職場で働いていたが、週5日の勤務体系で金曜日は「休務日」になっていた。

柴崎駅前の定食屋で、ラーメンと半チャーハンにビールの大瓶1本。遅い昼食を済ませて午後2時過ぎ、京王線で新宿に向かっていた。空いている各駅停車の車内で、ゆっくり睡眠を取るのが心地よい。徐行している車内で夢心地の中、微かに揺れを感じていた。上北沢駅に停車している車内で、車掌に肩を叩かれた。車内に残っていたのは、私だけだ。

普段は誰もいない公衆電話に、多くの人々が並んでいる。線路沿いを桜上水まで歩いたが、公衆電話の前には、さらに多くの人々が並んでいる。携帯電話が通じないのか。電車が動く気配は、全くない。早くニュースを見なければと思い、近くのラーメン店に入りテレビで「九段会館」の映像を観て、驚愕したのだ。

焼き豚をつまみに、コップ酒を2杯飲んで気持ちを落ち着けてから、国道20号に出た。明大前方向から多くの人々が歩いてくる。みんな、黙ったままだ。歩道がいっぱいになり、車道にまで人が溢れている。車は大渋滞で、遅々として進まない。私は速足で車道を進み、歩道を歩く人々を追い抜いて行く。中山競馬場からの帰り道のように――。

築45年の自宅は大丈夫なのか。年老いた母親は無事なのか。3月としては冷たい、強い西風に向かって歩き続ける。とりあえず、電話をしなければ――。

千歳烏山から脇道に入り、痔病で通院したことのある医院の隣のコンビニで、公衆電話を見つけた。母親の無事を確認し、再び歩き始めた。日が沈み、寒さが厳しい。運よく、国道から迂回してきた「空車」に乗ることができた。運転手に最短経路を指示しながら、タクシーで20分弱。無事、自宅に帰ることができた。

タクシー内のラジオで、大震災の惨状を断片的に聞いていたが、自宅でテレビを観て、唖然とした。このような大津波が起きるとは、まさに「想定外」の大惨事であった。特に、岩手県宮古市宮古港の鮮烈な映像は、衝撃的だった。
福島第一原発の惨状が明らかになるのは、翌日のことである。

そして、4年目の3・11を迎えた。

寒風が吹き荒む宮城県南三陸町の防災対策庁舎前で、地震発生時刻に手を合わせる人々。鉄骨だけになった「庁舎」が、あの日の惨状を今に残している。

石巻市大川地区の自宅で濁流にのまれ、母と祖母ら3人の家族を失った少女。当時15歳だった彼女が、政府主催の追悼式で、遺族代表の一人として述べた追悼のことば。「悲しみは消えないが、それでも懸命に生きて行く」彼女の凛とした姿が、テレビの映像から伝わってくる。

新聞に意見広告を出した小泉元首相は、福島第一原発の汚染水問題で、安倍首相の「アンダーコントロール」発言を、「全然コントロールされてない。よくもああいうことが言えるなと思う」と、福島県喜多方市の講演で、厳しく批判している。

翌日、3月12日の午後。明大前の回転寿司店で、「馬刺し」や「鮟肝」を肴に瓶ビールと焼酎ロックを飲み、「急行本八幡行き」に乗車した。市ヶ谷で総武線鈍行に乗り換え、秋葉原に行く予定だったが、気が付いたら本八幡駅だった。すぐに、発車間際の各駅停車笹塚行きに乗り換え、再び眠りから覚めると、電車は神保町駅を発車していた。すでに午後3時を過ぎていたので予定を変更して、九段下で東西線に乗り換え西荻窪に向かうことにした。九段下駅で降りて、驚いた。ホームの反対側に「急行南栗橋行き」が入ってきたのだ。「バカの壁」がなくなっている。猪瀬前都知事の、唯一の業績がこれだと思う。

中央線直通・各駅停車「三鷹行き」の座席を確保し、日刊スポーツの紙面に目を遣る。社会面に、福島県浪江町出身の鎌田良美記者が実名と写真入りで、「ルポ」を書いている。「第一原発から9キロの実家へ、浪江町はそこにあった」がテーマだ。読みだすと、私は涙が止まらなくなってしまった。歳を取ると、涙脆くなるのか。

――幾重の検問を抜けた先に、わが家があった。鍵のかかった玄関をのぞき込むと、壁掛け時計が動いていた。歩みを止めた町の時を、今も静かに刻み続けている。――ゴーストタウンを覚悟していた。実際は除染関係車両が行き交い、役場には職員がいた。電灯のついた店もある。体温が感じられる。請戸の海岸からは、原発の排気筒がよく見えた。それでも、浪江が「まだそこにある」という事実に救われた。不思議と涙は出なかった。――「忘れない」ための一助として、ペンなら取れる。今だから、記者だからできることがある。それを実感させてくれた帰郷だった。【鎌田良美】

ほんの一部の抜粋だが、素晴らしい文章、感動的なルポだった。

私はこの小説で、「アホな男子」と「アホな女子」に言及してきた。また、九段下駅の「バカの壁」は、すでに撤去されている。

遺族代表として追悼のことばを述べた女性、19歳。鎌田良美さん、28歳。4年目の「3・11」に、私は未来に繋がる「美しい」若者たちと、出会うことができた。

そして、地下鉄サリン事件から20年。

マインドコントロール、「洗脳」の恐ろしさを思い出さざるを得ない。今も、サリンの後遺症で苦しむ多くの被害者がいる。「洗脳」は、オウム真理教だけの言葉ではない。

鳩山由紀夫元首相がクリミア訪問で、いみじくも言い得た「国民が洗脳されている」ことは、もっと危険である。鳩山氏の発言は国内では無視あるいは蔑視されているが、「八紘一宇」のスローガンに「洗脳」された国民が、侵略戦争に突き進んだ歴史の教訓を忘れたのか。この件については、前章で詳しく述べた通りだ。

私は敢えて実名を作家名として、この小説を世に問う。全共闘時代には「付和雷同」

分子に過ぎなかった私が「今」、声を挙げるのだ。一つの時代、全共闘時代を共有した多くの人々に、団塊の世代・全共闘世代の多くの人々にこの作品を読んでもらいたい。

志半ばで倒れた、60年安保闘争の東大生樺美智子さん。そして1967年10・8佐藤訪ベト阻止「羽田弁天橋」の闘いで倒れた京大生山崎博昭君に、この作品を捧げたい。

再び、シュプレヒコールが聞こえてくる。

「アンポ、粉砕」「オキナワ、奪還」

映画『マイ・バック・ページ』冒頭の実写映像が、頭を過る。

――たとえ今夜は倒れても

きっと信じてドアを出る――

奈落への道程を歩んでいた私の「競馬人生」は、快速から「各駅停車」に減速して、4年前の3・11に、「下北沢駅」に停車したままだ。マンションを3戸分、失った程度で止まることができた。

春彼岸、今年は東京に春一番は吹かなかったが、「春本番」は確実に近づいている。

そして、「彼岸明け」の朝。

NHKの連続テレビ小説『マッサン』は、最終週だ。この日から、「麦の唄」が「1番」に戻っていた。やはり、「1番」がいい。

なつかしい人々　なつかしい風景――

嵐吹く大地も　嵐吹く時代も――


この日の午後、私の「原風景」の一つ、明治公園を訪れた。隣の日本青年館が今月末で閉館になるのだ。22日に閉館になった渋谷東急プラザに続いて、「懐かしい風景」がまた一つ無くなってゆく。館内のレストランで遅い昼食を済ませ、久し振りにフィルムカメラの一眼レフで、懐かしい風景を活写する。

明治公園の広い部分は、遺跡発掘の工事中で、中を見ることはできない。日本青年館側の一段高いスペースは、従前と変わっていない。藤棚下のベンチで瞳を閉じると、全共闘時代の懐かしい風景が浮かんでくる。あの時代の郷愁に浸っていると、私に睡魔が襲ってきた。昼食には、ロースカツセットとビールを1本飲んでいた。

強い西風に乗って、代々木公園・NHKの方向から、街宣車の拡声器音が聞こえてくる。聞き取り難いが、「天気晴朗なれども波高し。我が軍は、我が軍は――」と叫んでいるようだ。A首相が、「得意な言葉」だ。代々木公園ではなく、ワシントンハイツ、否、「陸軍代々木練兵場」からのようだ。続いて、スピーカー音が微かに聞こえてくる。「A総統、万歳。A総統、万歳――」

NHK前の代々木練兵場、否、代々木公園で右手を高く掲げるアホな若者たちの一団に混じって、見たことのある顔を発見した。S長官、M会長、M原女史、I田女史――。M原とI田は、迷彩服の風体だ。「鉤十字」の、否、「旭日旗」のハチマキをしている。

忌々しい「幻影」だが、創作ノートの片隅に、書き留めた。幻影が虚構ではなく、現実となるその日は、遠い未来ではあるまい。

千駄ヶ谷門から、新宿御苑に入った。開花している桜もあり、平日だが人は多い。今週末には、満開になりそうだ。昨秋の「デング熱」が代々木公園から飛び火して、長期間閉館になっていたので、新宿御苑を私が訪れたのは、久しぶりだった。

3月27日、金曜日。御嶽山大噴火の惨事から半年後のこの日、朝日新聞夕刊の「素粒子」に目を遣る。

――「八紘一宇」も「我が軍」にしても。当の国会の反応の鈍さよ。このぶんではいずれお試し改憲も「まいっか」――。

その夜、テレビ朝日の「報道ステーション」で、古賀茂明氏が「圧力降板」の舞台裏を暴露した。「I am not ABE」のフリップボードを掲げ、菅官房長官がテレビ朝日の会長に「ちまちまと」圧力を掛け、古賀氏を含めた政権批判派の総リストラを図ったと、舌鋒鋭く主張した。

そして、「校了日」の朝となった。TBSの時事放談で、野中広務元官房長官は、沖縄辺野古に関する安倍首相らの「ちまちました」対応を批判しつつ、戦争を知らない巨大与党の議員たちに、「日本の侵略によって、中国や東南アジアの国々が負った大きな傷跡を、自ら検証すべきだ」と、「先達」の一人として、苦言を呈した。

季節は巡り、時代は廻る。

季節は「春爛漫」に近づいているが、時代は依然として「冬」のままだ。ファシストたちが跳梁する「厳冬」に、時代は逆流しているようだ。

黄昏の全共闘世代は今、その残滓を再び、炎に変えて——。

最後に再び、大学新聞の編集長風に述べさせてもらう。

２０１５年3月29日、第2部校了。

跡の章　談話もやはり、ちまちまと

「談話は歴史的事実を正しく認識しておらず、とても失望した。日露戦争がアジアやアフリカを勇気づけたなど、ばかげている。記述は、歴史上の事実をごまかそうとする試みに思える。——韓国の併合と植民地化は言及と後悔の言葉に値するのに、わずかにしか触れられていない——」（元駐日英国大使　ヒュー・コータッツィ氏、朝日新聞8・15夕刊）

ちまちま「談話」の本質は、この指摘に全て集約されている。私が、論評を加えるまでもない。「ちまちま」もここに至り、「アベ政治」の集大成となった。

「安倍首相は、日本の恥」（瀬戸内寂聴氏）。「日本人はなんであんなに威張っていたのでしょうか。自分たちが『東洋の盟主』なんだと、勘違いしていたのでしょうか」

（故・山口淑子氏）。

「先達」の言葉に、静かに耳を傾ける夏である。

また、いつの時代にも、「識者」は必ずいると信じたい。

――これは政治とカネをめぐる真っ黒な事件だ。政治家による詐欺事件というよりも、「詐欺師」が間違えて国会議員のバッチをつけてしまったというのが、筆者の率直な印象だ。（佐藤優氏、「東スポ」8／25マンデー激論より）

安倍チルドレンの優等生＝武藤貴也の正体である。

「石破&進次郎で安倍政治をぶっ壊せるか！」

サンデー毎日8／30号の表紙「見出し」に釣られて、コンビニで買ってしまった。実は、表紙のモデル「葵わかな」さんの圧倒的な美しさに、思わず手が伸びてしまったのだ。

――「官邸」は自民党総裁選の日程を決め、次々と有力候補者の不出馬を新聞に書かせ、外交日程を押し込み、なんとか安倍首相の無投票再選に持ち込もうとしている。

（藤本順一氏、「東スポ」８／30言いたい放談より）

私の大学の後輩・石破茂は、何を躊躇しているのか。


私の愛読紙＝知識の「源」は、「日刊スポーツ」、「ゲンダイ」そして「東スポ」である。週刊誌を買ったのは、久しぶりだった。

同じ「サンデー毎日」８／30号に、「ＪＳＣ１６４億円豪華ビルの闇」が載っていた。私のこの「小説」の原風景、「日本青年館」に関わる「闇」の話だ。


季節は巡り、秋の長雨が続いている。70年目の「８・15」を過ぎて、気温の下降が急だ。

冷たい雨にも拘わらず、国会前の「反安保」「反アベ」集会に結集した多くの人々。若者や「学者の会」などの呼びかけに呼応して結集した老若男女の数は、10万人を優に超えている。その中には、多くの高校生の参加が認められている。ヘルメットや「ゲバ棒」は見当たらない。「アベ政治を許さない」などのプラカードのみだ。

集会の感想を聞かれた菅官房長官の顔が引き攣っていると感じたのは、私だけではあるまい。また、集会の盛り上がりにショックを受けたのが、安倍首相の「盟友」橋下徹だ。憲法改悪の最強「フレンド」橋下は、参政権を付与された「18歳」の若者の多さにショックを感じ、大嫌いな朝日新聞の「天声人語」に、自身の「定例会見」で八つ当たりしていた。

橋下氏は、チャップリンの『独裁者』を見たことがあるのか。独裁者が最も恐れていることが、いま起きつつあるのだ。

パリの「5月革命」も、彷彿される。

9月3日、木曜日の午後。世界反ファシズム戦争勝利・中国人民抗日戦争勝利70年のこの日、北京では盛大な軍事パレードが行われている。私はこの小説の原風景、「明治公園」と解体中の「日本青年館」を半年ぶりに訪れた。隣の国立競技場の「跡」は、すっかり更地になっている。

半年前、3月末にここで書き留めた創作ノートを開いた。

厳冬に跳梁するファシストたちは、今——。

地球温暖化のせいではないと思うが、永く纏わり付いていた「下駄の雪」が、一部だが解け始めている。「ファシストたちの雪」が解ける日は、いつ来るのか。あるいは、来ないのか。

今年は未だ、代々木公園から「デング熱」のニュースは伝わってこない。「風向き」が、変わったのか。NHKと「代々木練兵場」の方向から、街宣車のスピーカー音は今、聞こえてこない。


トタン屋根を激しく打つ雨音で、目が覚めた。枕元の置時計を見ると、午前3時前だ。9月の初旬なのに、涼しいくらいだ。空気が入れ替わったようだ。

昨日、自民党の総裁選で安倍首相の無投票再選が決まった。石破茂も小泉進次郎も、立たなかった。そして野田聖子も、首相取り巻きの「ちまちま」した切り崩しと、「ドーカツ」（「日刊ゲンダイ」9／9）に抗しきれず、20人の推薦人を集めることができなかった。

独裁者とその周辺分子は我が世の春を謳歌しているようだが、一度変わった「風向き」と空気を、誰も元に戻すことはできない。さすがに「歴史修正主義者」でも、歴史の歯車を元には戻せない。

若者たちから「先達」までの大きな「気流」に、私もこの老体を委ねることにした。黄昏の全共闘世代、その「残滓」が今、「ファシストたちの雪」を下駄ではなく土足で、踏み始めるのだ。

「付和雷同」分子らしく、淡い足跡に過ぎないと思うが——。

完

巻末の解説等

【註釈】

本作品で論評、あるいは言及した文学作品・映画等（順不同、敬称及び年代略）

浅田次郎『マンチュリアンレポート』（講談社）

井上光晴『虚構のクレーン』（新潮社）、『他国の死』（河出書房新社）、『ファシストたちの雪』（集英社）

古井由吉『中山坂』（『眉雨』所収・福武書店）

大岡昇平『武蔵野夫人』（新潮社）

大岡信『詩人たち―ユリイカ抄』復刻版（平凡社）の（解説文）

村上龍『69』（集英社）、『トパーズ』（角川書店）

瀬戸内寂聴（晴美）・松任谷由美『トパーズ』の（帯紙）

安部公房『方舟さくら丸』（新潮社）
寺山修司『さらばテンポイント』（詩）、『田園に死す』（映画）
本多勝一『日本語の作文技術』（朝日新聞出版）
松村明編『大辞林』（三省堂）
山口淑子『歴史写真アーカイブ』（写真証言集）
柴田翔『われら戦友たち』（文藝春秋）
中島みゆき『縁会２０１２〜３劇場版』（映画）
なかにし礼『赤い月』（映画）
五味川純平『戦争と人間』（映画）
川本三郎『マイ・バック・ページ』（映画）
若松孝二『実録・連合赤軍　あさま山荘への道程』（映画）
重信メイ『革命の子どもたち』（記録映画）
半藤一利『日本の一番長い日』（映画）

【用語解説】

「代々木練兵場」

現在の代々木公園、ＮＨＫ放送センター、渋谷公会堂の一帯は、戦前「陸軍代々木練兵場」であった。戦後、米国進駐軍に接収され「ワシントンハイツ」となったが、１９６４年の東京オリンピックの前に、日本に返還された。

「吉祥寺近鉄裏」

吉祥寺駅北口のヨドバシカメラが入っているビルは、かつて近鉄百貨店であった。その東側一帯にピンサロのネオン街が広がっていて、通称で「近鉄裏」と呼ばれていた。

「渋谷パンテオン」

渋谷駅北口の渋谷ヒカリエがある場所にかつて、東急文化会館があった。最上階には五島プラネタリウムがあり、小・中学校児童・生徒の天文学習の場として広く利用されていた。１・２階には日本最大の映画館渋谷パンテオンがあり、「東京国際映画祭」の開会式が行われるなど、映画・文化の発信拠点だった。

「ファシストたちの雪」

井上光晴の小説の題名。1978年5月初版発行（上・下巻、集英社）。

「ハンガリア革命」

1960年、スターリン主義者の圧政に抗して闘ったハンガリー人民の闘いの呼称。その後、日本の学生運動の潮流の一つ、「反帝・反スタ」主義に大きな影響を与えた。

「激動の七ヶ月」

国際的に広がったベトナム反戦闘争を時代背景に、1967年10・8羽田闘争から、王子・佐世保・三里塚と約「七ヶ月」続いた「三派全学連」の反戦闘争の通称。ヘルメットと「ゲバ棒」スタイルが定着したのは、この時期から。その後の東大闘争・日大闘争を頂点とする全国大学闘争の先駆けとなった。いわば、全共闘時代の「前史」と言える。

「木を見て森を見ず」

事物の末梢的部分にこだわりすぎて、本質や全体をとらえられないことのたとえ（『大辞林』より）。有名な諺。本作品では、巨大与党の稲田政調会長の「東京裁判」を巡る発言に例えた。筆者がかつて勤務していた職場にも、そのような者が多くいた。私は、「本質論」と「方法論」を例に、よく反論していた。

「チャップリンの独裁者」

１９４０年に公開されたチャーリー・チャップリン監督、主演のアメリカ映画。ナチス・ヒットラーを揶揄した作品。本作品では、大阪の「ミニヒトラー」橋下徹に例えた。

【その他】

本作品は、時事小説的「私小説」あるいは「随想の連作」を念頭に執筆しました。「時事」の時期については、２０１４年9月～10月（第1部）、２０１５年2月～3月（第2部）、２０１５年8月～9月（前の章及び跡の章）に設定しています。

また、全共闘時代を含めて「私小説」の部分で、多くの文学作品や映画等に言及しました。文学評論的、映画評論的または時事評論的な表現も多く用いています。評論には、部分的な「引用」が不可欠です。この点についてはすべて、筆者（私）自身の判断と責任に基づいていることを、付記しておきます。なお、評論家名及び「引用」した新聞名等については、全て明記しました。

本作品の「私小説」部分に登場する人物名については、私人の場合すべて「仮名」にしています。「時事」部分で言及した「政治家」等の公人については、実名かイニシャルにしました。国民の税金で活動している政治家等の公的な「発言」等については、国民が知る権利を有しています。ＮＨＫの会長についても、同様です。

本作品は全共闘時代の解説書ではありません。無論、同時代の総括でもありません。

この時代に興味のある方には、東大全共闘議長だった山本義隆氏の近著、回顧録『私の１９６０年代』（金曜日社刊）を推薦します。

最後に、この小説を私が書く「きっかけ」を作ってくれたM銀行行員の天里知美さんと、この作品の出版にご尽力頂いた文芸社に心からお礼を申しあげます。

平成25年11月5日

竹森　哲郎

晩秋、「御苑トンネル」を抜けると（「あとがき」に代えて）

11月の第一日曜日、「永眠者祈念礼拝」の当日。

国道20号「新宿御苑トンネル」を抜けると、四谷4丁目の交差点だ。タクシーの運転手にそのまま直進し、四谷3丁目・外苑東通り交差点先のM銀行角の左折を指示した。「津の守坂」を下り最初の信号「三栄町交差点」を右折、すぐに左折し新宿歴史博物館前の急坂をゆっくり下る。突き当りの狭い路地を何とか右折し、新宿区坂町の曲がりくねった小路を進むと、日本基督教団のCY教会だ。調布の自宅から、タクシーで約40分。右足の不自由な90歳の母親を見送り、再び「津の守坂」に戻ると、靖国通りは目の前だ。防衛庁の巨大なアンテナが眼に入る。

本文第7章「出前のチキンライス」に登場する「三島由紀夫事件」の現場、陸上自衛隊市ヶ谷駐屯地である。

都営地下鉄曙橋駅から一駅、新宿3丁目で下車して、JRA新宿場外馬券売り場に直行する。３・11東日本大震災で内部が大きな被害を受け、２年以上かけて全面改築した新しい建物だ。内部は綺麗だが普段、自宅のパソコンで馬券投票しているので、マークシート記入は鬱陶しい。１レースだけ中継を観て、国道20号の地下通路を抜けて馴染みの中華食堂で喉を潤すことにした。

季節が巡り、「安保関連法案」の強行採決から2カ月。

市民団体等が主催する抗議集会が国会前で行われ、約９千人が周辺の歩道を埋めた記事が、20日の朝日新聞社会面に「ベタ」で載っていた。国民の関心を逸らす「新３本の矢」「一億総活躍社会」作戦が、功を奏したのか。私は「否」と信じている。書店では、日本国憲法関連の書籍の売り上げが、大幅に伸びている。「法的安定性は関係ない」と言いきった、お笑い芸人風首相補佐官の暴言が記憶に新しい。「立憲主義」を真摯に学ぶ若者が、増えているようだ。

問題は、野党の受け皿である。１９３０年代、ファシズムの台頭に抗した「フランス人民戦線」の歴史から学ぶ、剛腕の野党指導者は出てこないのか。

ＴＶドラマ『サイレーン』を観終わって、チャンネルを変えると、懐かしい映像が流れていた。この日が、三島事件から「45年目」だったのだ。三田キャンパス地下の新聞部室で聴いた、「あの日」の衝撃。――部室の古いラジオ。食べ残したチキンライス。その日の鈍色の空。新聞各紙「号外」の衝撃的な写真。ファシストたちの幻影。「奈落への道程」を一直線に歩き始めた、私の競馬人生――。

苦節45年の「ごみ屋敷」（〇〇不動産Ｓ氏命名）から明日、あの「旭化成」のマンションに転居する。「地下杭」問題の発覚前に契約した「老老介護」対応の新築物件だが、巨大地震が来ないことを願うだけだ。なお、45年前、自宅は近所の子供たちから「化け猫屋敷」と呼ばれていた。

本文第五章「黄昏の全共闘世代は、今」の「花子」の言葉を借りれば、転居先の「曲がり角の先」で、美しい景色・美しい「黄昏」を見ることが出来るのか、知る由もない。また、今年の「Ｘｍａｓ礼拝」の日に、再び「新宿御苑トンネル」を抜けて「津の守坂」を下り、病状が悪化している90歳の母親をＣＨ教会まで送ることが出来るのか、知る術はない。

２０１５年12月10日　東京都調布市の「ごみ屋敷」で

著者プロフィール

竹森 哲郎（たけもり てつお）

1948年10月　東京都武蔵野市生まれ。
1972年３月　慶應義塾大学経済学部卒業。
2014年10月　第21回「三田文学新人賞」応募。
2015年３月　第39回「すばる文学賞」応募。

黄昏の全共闘世代　その残滓が、今

2016年４月15日　初版第１刷発行

著　者　竹森 哲郎
発行者　瓜谷 綱延
発行所　株式会社文芸社
〒160-0022　東京都新宿区新宿1－10－1
電話　03-5369-3060（編集）
03-5369-2299（販売）

印刷所　株式会社フクイン

ISBN978-4-286-17220-0　JASRAC 出 1514238 - 501